走れ！東京タワー

内藤織部
NAITO ORIBE

幻冬舎 MC

走れ！　東京タワー

目次

プロローグ　ご挨拶

「みなさま、前方に東京タワーが見えてまいりました。東京タワーの高さは３３３メートル。テレビラジオの総合電波塔として昭和33年12月23日に開業いたしました。このように数字の3が並んでいることから、別名『３づくしの塔』ともいわれております。

この東京タワーには１５０ｍとさらにその上、２５０ｍのところに展望台があり、四方に広がる東京の姿をお楽しみいただけます。とても空気のよく澄んだ日には、遠く三浦半島や房総半島、我が国の最高峰富士山までもご覧いただけます。

また、東京タワーは夜になりますと昼間とはちがった姿が夜空にくっきりと浮かびあがります。四季折々のメインテーマカラーに彩られ、タワーのフォルムをいっそう引き立てまばゆいばかりでございます。東京タワーは日本のシンボル。いえ、世界のアイドルタワーとしてここに君臨しております！」

ちょうど、わたくし東京タワーのもとに、はとバスツアーの方々がいらしてくれたわ。

ごひいきにしてくださりありがとうございます。ガイドの方もわたくしを魅力的に語ってくださり感謝しているわ。でも世界のアイドルとは少し盛りすぎよ。それにしてもたくさんの方がバスから降りてくるのを見ると胸がいっぱいになるわ。いろんな国の方々が来塔してくださり、世界中の言葉が飛び交い、まるでワンダーランドのよう。

全方位からわたくしを見つめている方々のその熱い視線をわたくしも感じとれるのでございますよ。ほら、あそこの家の窓からわたくしを見つめている小さな少女はあなたかしら？　幼い手を合わせ、こちらに向かって祈りを捧げているわ。いろんな想いを胸に抱き、国を超え、世界中の人々がメッセージを届けてくださる。

あっ、運転をしているそこのあなた、信号待ちでふと見上げると、わたくしがドデーンとそびえ立っていたあの過ぎ去った日々があなたにもあったでしょ。きっと誰もが一度はわたくしを見上げ笑ったり泣いたりしたことがおありになったことでしょう。その熱い視線、しっかり届いていますからね。

あらら、危ない！　バスから降りてくるフランネルの帽子を被ったご婦人、足元に気をつけてくださいませね。足腰の強さは長生きの秘訣の一つですから。

わたくしもストレッチをする日があるの。えっ、いつするのかって？

それはね、世界が一瞬止まる時があるの。世界にも眠る瞬間があるのよ。それはあなた方人間界の人には感じとることができないけれど、広大な宇宙の中でこの惑星にも配分された時間枠があるのよ。だから世界が眠っている間、わたくしはスクワットをしているの。だってわたくしは歩くことができないでしょ。ウォーキングなんて無理。今立っているこの場所でできることをするしかないの。生涯わたくしは、散歩して花の香りを楽しんだり、動物たちと草原を走ることはできないけれど、それがわたくしのランドマークタワーとしての運命だと思っていますの。

もしも、あなたが世界が眠りに落ちている時刻に偶然にも目を覚まし、わたくしがいちっ、にいぃ、さん、の掛け声とともにスクワットしている姿を目撃したら秘密にしておいてくださいね。

そういうわたくしも定期的にメンテナンスは受けているのよ。そして、たくさんのスタッフの支えで65年以上もこの地に立ち続けている。まあ、それでもわたくしは頑丈な鉄で骨組みが作られていますからご心配なく。でもねえ、還暦を過ぎましてからはさすがに疲れるようになりました。

長年皆様のご家庭のテレビやラジオに電波を送出してきましたでしょ。昔はわたくしも若かったしテレビの台数も今ほど多くはなかったですから、わたくしのエネルギーで皆様のお役に立てていたけれど、今ではもうわたくしのエネルギーでは事足りません。ですから数年前からスカイツリーにお任せすることにしましたの。皆様すでにご存じのように、わたくしは電波塔としての役目を終えさせていただきました。

プロローグ

これまでの長い間わたくしの電波送出で皆様のお役に立てたこと、関係者一同を代表してわたくしからお礼を申し上げます。ペコリ。

それにしてもたくさんの方がわたくしに会いに来てくださり、ほんとにしあわせだわ。

スカイツリーくんに電波は任せてあるから、これからは皆様のために何をしようかと考えましたの。そしたら、答えはすぐに出たわ。これまでわたくしが出会ってきた人たちのことを皆様に語ろうと思いますのよ。１９５８年から今日までその時代を通り抜けた人々の物語を。

２億人近くの方がわたくしに会いに来てくださった。話は尽きないわ。きっとあなたのことも語ることになると思うわ。

いい風が吹いてきたわねえ。夏が過ぎようとしている。今年の秋のインフィニティ・ダイヤモンドヴェールの色はどんな耀きを放つ光色にしようかしら。

よろしかったら、夜空を見上げてみて。

それでは、またお会いできることを祈りつつ。

プロフィール
本名　日本電波塔
愛称　東京タワー

1958年12月23日生まれ
山羊座
戊年
独身

第1幕

家出

七央《なお》の毎日は秩序だってできている。

七央はマッサージ師だ。時折予約の時間が変更されたり、キャンセルされたりするが、新人の頃ならば慌てたり気落ちしていたことが、整体の学校を卒業して10年以上も経つと、パニックを起こすのはエネルギーの無駄だということを学んだ。そして毎日、時間どおりに起き、ひげを剃り、食事をとり、出勤時間まで部屋でくつろぐ。穏やかに時間を過ごし感情の起伏を平たんにすることが、健康の秘訣である。七央は4匹のネコとひとつ屋根の下で暮らしている。彼ら、彼女らのために長生きをしなければいけない。

つまり、安寧《あんねい》な生活こそが七央の目指すライフスタイルである。

今、彼は仕事をしている。上層階のパノラミックフロアにあるスイートルームの2811号室。その窓から見える巨大な東京タワーのランドマークライトが、さわやかな海色を秩序正しく光り輝かせている。

このプリンセスホテルは、東京タワーに一番近いホテルとして芝公園の中にそびえ立っている。バルコニー付きの部屋は人気があり、目の前に光り輝くタワー、眼下には増上寺の全景、航空障害灯を点滅させる高層ビルのイルミネーション、はるか向こうにスカイツリーと、東京の夜景のいいとこどりをしたようなホテルである。望むロケーションをバックにインスタグラマーたちがポージングを決めるベストポイントなのだ。

今夜もブルーに輝くタワーが夏の訪れを人々に告げている。

「すいません、肩甲骨をもっと強く押してくれませんか」

キングサイズのベッドに横たわるお客様がくぐもった声で言った。

「わかりました。強過ぎるようなら言ってくださいね」

七央は、これ以上圧を加えるのは不本意だったが、要望に応えた。

３か月に一度の割合でこの部屋に宿泊する柊木さんは、お得意様である。マッサージの時間帯も毎回22時からの90分だ。窓際のテーブルには、お誕生日だったのだろうか、大きな花束が置いてあった。

「七央さん、左首の後ろもお願いします」

彼女は、洗い立ての長い髪をかき上げた。

「柊木さん、今日はいつもとちがって強めがお好みのようですが、僕のマッサージは整体と組み合わせてゆっくりと身体を揺らしながら、弱めの施術をすることで血流を良くするやり方ですよ」

七央は、確認するように言った。

「そのマッサージの名前はなんでしたっけ？」

「オステオパシーです」

「そうだった、何度聞いても覚えられない。いつもは身体がほぐれるんだけど、今夜は長年のストレスの蓄積がどっと押し寄せてきた感じがするんです。緊張が続いて肩や腰が重い。今回は強めでお願いします。なんだか背中に鉄板が1枚入っているみたい」

七央が肩甲骨から腰にかけて圧を加えると、親指がツボに入らないほど固まっている。

「確かに今日はいつもとちがいますね」

女性のお客様は、寝る前に施術を受ける人が多い。お風呂に入り化粧を落とし、シャンプーを済ませ、お肌のお手入れをし、大方の女性のお客様は自前のパジャマに着替え、マッサージ師を迎え入れる。柊木さんは、いつもアイマスクをして施術を受ける。喉が痛いときなどはマスクもするので、ほとんどお顔の全貌を見ることはない。

部屋の照明はフットライトのみである。カーテンは全開され、東京タワーの明かりが柔らかく部屋を満たしている。七央は、予約の5分前にドアの前に立ちベルを鳴らす。失礼いたします、と声をかけ入室すると一礼し、靴を脱ぐ。ドアは少し開けておくのも忘れない。ベッドの前に立ち洗い立ての白い手袋をはめる。

タワーの光が揺らぐ部屋では柊木さんの顔色を見きわめることができないが、声の感じで体調や感情を推し量るように心がけている。

「緊張が続くと五臓が乱れます」

七央は柊木さんの体温がいつもより低いのを感じた。

「五臓って、心臓とか、肝臓とか、あとなんだっけ？」

「五臓六腑。五臓とは、肝、心、脾《ひ》、肺、腎。六腑とは、胆、小腸、胃、大腸、膀胱、三焦《さんしょう》のことです」

七央は言い含めるように話した。

「柊木さん、それでは仰向けになってください」

こちらを向いた彼女の頭に枕を当てた。

「高さはよろしいですか？」

柊木さんは頭を左右に動かし安定させた。

「はい。これでいいです」

七央は彼女のおへその両側に指を揃え、中指で軽く押した。押すたびに柊木さんは七央が教えたとおりに初めに息を吐き、そして大きく息を吸い込む。七央が力を加え、柊木さんが呼吸を刻んでいく。これぞ阿吽《あうん》の呼吸である。七央はその時こそマッサージ師としての誇りを感じるのだった。

「このツボは、こう兪《ゆ》だっけ？」

柊木さんが尋ねた。

「よく覚えていましたね。このツボは消化機能を調整しながら食欲不振を改善してくれます」

七央は彼女の身体が徐々に柔らかくなるのを感じた。

「ふー、身体が緩む感じがする」

柊木さんは大きく息を吐いた。

「よかったです。緊張やストレスが長期間重なると、人によっては光がまぶしくなりますが、そんな症状はおありになりませんか?」

「はい、あります、あります。電球の光や太陽で目がちかちかします。だからこの部屋にいるときは照明を消してタワーの光だけにしているの。日が暮れだすと、じわーっ、とタワーに灯がともりだす。わたし、その瞬間が一番好きなの。東京タワーが眠りから覚めたみたいで。今夜はブルーのライトが散りばめられて、まるで夜空を流れている川のようだわ」

柊木さんは、いつになく饒舌だ。

七央はこちらからお客さまに話しかけることをしないのを信条としている。それはお客様の身体の声を聞かなければいけないからだ。それに自然に身体がほぐれてくると、お客様はこちらに話しかけてくださる。

今夜の柊木さんは、日々ストレスを受けここまで身体をフリーズさせたのだ。この慢性化したストレスと緊張を身体が受け止め続けると無気力になり、集中力が落ち、そして鬱症状になる人が多い。それは年齢には関係ない。柊木さんは30歳前後だろうか。

お客様のことを推測するのははばかられるが、プリンセスホテルのスイートルームに宿泊するぐらいだから高給取りなのだろう。仕事の内容は訊いたことがないが、きっと神経をすり減らす職種なのだ。

「柊木さん、体温が上がってきましたね」

「ありがとう。変な言い方だけどやっと息ができるようになった。今まで息をするのも忘れていた気がする」

柊木さんの頬はほんのり赤みがさしている。

施術が終わりに近づくと、柊木さんはアロマディフューザーを作動させるのだ。

「七央さん、帰り際にサイドテーブルの上のアロマディフューザーのスイッチを入れてください」

「はい、承知しました」

最後の仕上げに優しく全身の気血の流れを調節した。

「これで終了いたします」

七央が終了を告げると、すでに柊木さんのかすかな寝息が聞こえた。

七央はベルガモットのアロマオイルに自分自身も癒やされながら靴を履いて一礼し、部屋をあとにした。

分厚いカーペットを踏みしめながら七央は長い廊下を歩いていく。

静まり返った廊下には、時折製氷機から落ちてくる氷の音がするだけだ。平日といっても、世界から訪れる観光客でこのホテルは常に満室だ。

インスタグラムや、ユーチューブ、Xで常にアップされている燦然《さんぜん》と輝く東京タワー。

東京タワーってそんなに人気があるのか?

七央にとってタワーは生まれたときから目の前にあった。七央の実家は東京タワーと道を挟んだ真向かいにあるカラオケスナックだ。東京タワーが建設される前からあった店は、ばあちゃんが18歳の時に始めたものである。

ばあちゃんは、東京タワーの歴史とともに生きてきたような人だから、マスコミからも幾度もインタビューを申し込まれる。そんなテレビの影響もあり名物女将として知る人ぞ知る存在となった。七央も子供の頃からいやというほどタワーのエピソードを聞かされているが、お客さんはそれを聞くのが楽しいらしく、カウンターの内側ではばあちゃんの独演会が夜ごとくり広げられる。お客のほとんどは地元の商店街のおなじみばかりだったが、今では東京タワー帰りの観光客でカウンター席はにぎわいを見せている。

世界からやってくる観光客に合わせ、ばあちゃんまでが、ハロー、ボンジュール、ヴォンジョルノ、ニーハオと挨拶を交わしている。

七央は雨の日も風の日も、タワーへと続く坂を上り下りしながら幼稚園から高校まで通った。七央にとって東京タワーは、見慣れた景色の一部分であり、ただの電波塔でしかない。柊木さんが言うように、タワーが眠りから覚めたように、なんて考えたこともない。子供の頃は東京タワーが近すぎてテレビの画像が乱れ苦々しく思ったものだ。キラキラ光られても早寝する日はまぶしいったらありゃしない。

プリンセスホテルのお客様たちが、ひときわ思い入れのあるタワーの話をするたびに七央はピンとこず、それでもただの鉄塔ですよね、とも言えず、曖昧にそうですかぁ、と返事を返す。

東京タワーは、それぞれの人々の大切な思い出や記憶が刻まれている場所なのだと思うと、鉄塔としか思えない自分がなんだか無味乾燥な人間のように思った。

待機室に戻るとお茶を引いている先輩や同僚たちが数名いた。

「おつかれさま、なお」

新しく入ったベトナム人の同僚が声をかけてきた。

「今夜はまだ指名はかからないの？」

退屈そうにコーヒーを飲んでいる彼女に訊いた。

「そーです。もうすぐ終わるのに、今日は二人だけ」

七央も椅子に座り、紙コップにコーヒーを注いだ。

「それなら、もう上がったら？」

そう提案した時、スマホにＬＩＮＥの着信音が鳴った。

――すずこ家出――

七央は目を見開いて、母、鉄子からの文字を2度読み返した。

スマホを取り落としそうになりながら母に電話をかけると開口一番、

「いつからいなくなったんだよぉ！」

大声が出た。

待機室にいる人たちの視線がいっせいに七央に集まった。

「3時間ほど前かな？　いや4時間かな？」

カラオケを歌っているお客さんの声でよく聞き取れない。

「すずこは人間でいうなら80歳を過ぎてんだよ、なんでちゃんと見ておかなかったんだよ！」

七央は心臓がバクバクしだした。

すずちゃんのにゃおーん、という少ししゃがれた声が頭の中で聞こえる。

「今から帰る！」

一方的にスマホを切った。

ガチャンと電話を切りたいところだが、スマホではガチャ切りができず腹が立つ。

すずちゃん……、七央は、愛くるしい眼で首をかしげるすずこの顔が脳裏に浮かぶと涙で目が曇り動悸が速くなった。

秩序正しく、がモットーの七央のライフスタイルが一気にぶち壊れた。

怒、喜、思、憂、悲、恐、驚、の七情から喜を抜いた六情が爆発し、血圧が上がり、胸は苦しく、先ほどまでの正常な血圧の状態が著しく阻害された。

「なお、だいじょうぶかい？」

固まっている七央の様子を同僚たちが心配そうに見た。

感情のアップダウンは身体に一番悪い。七央は手のひらを広げ、小指側にある手首のツボを親指で押した。

「そこはしんもんのツボですね」

ベトナム人の同僚も同じように真似した。

七央は大きく長く息を吐き、ゆっくり吸い込んだ。パニックになってはいけない。神門のツボを繰り返し押すと少し動悸が落ち着いた。

――すずこは外ネコジローのところかも――

ＬＩＮＥに母からメッセージが届いた。

七央は、ボードのスケジュール表を見る。次のお客様が入ってないのを確認すると、佐藤上がり、と書いて脱兎のごとく部屋を出た。

従業員口を出ると、近道の公園の坂道を突き抜けて東京タワー目指して走る。タワーの裏手にある駐車場はすずこの縄張りである。まずはタワーのまわりから探してみることにした。緩そうに見える坂道はダッシュすると息が上がり、心臓破りの坂道だな、と七央はにがにがしく思いながら全速力で走った。

教会の前を通ると、牧師が一眼レフカメラを片手に星空を眺めていた。

「七央、ランニングかい？」

流暢な日本語で話しかけてきた。

「牧師さま、すずこを見ませんでしたか？」

教会の前には小さな公園があり、ベンチの横には巨大なもみの木がある。16年前、そのもみの木の下ですずこは鳴いていた。生まれたばかりでまだ目も開いてなかった。

七央は成人式の日のことを思いだす。牧師がお祝いのカクテルパーティを開いてくれた。集まった同級生たちは、カップルで来ている者も多かった。七央は彼女が欲しいとも思わず、整体専門学校の学生として日々を送っていた。まわりの同級生は彼女が欲しくていろんなイベントに顔を出していたが、誘われても興味が湧かなかった。

子供の頃から怪獣の絵を描くのが大好きで、バルタン星人、レッドキング、ゴモラに、エレキングなどをかなり緻密に描き、中学生になると友達や家族から、あんたはその道に進むのがよいと言われた。

けれどプロ並みに描くことはできても、さして嬉しくもなく、それ以上心惹かれることはなかった。部活で料理部に入り、お汁粉が上手に作れた時のほうが心躍るものがあった。

高校生になるとギターやピアノにはまり、作曲家になりたいなどと家族に言っていたが、見事に大学受験に失敗して一浪してしまい、作曲家への情熱も消えてなくなっていた。

そんな鬱々とした毎日を送っていた時、長年一緒に暮らしていた愛猫のルルちゃんが死んだ。がんだった。七央が知らせを受け専門学校から帰宅したとき、ルルちゃんは意識が薄れていた。家族が見守るなか、七央はルルちゃんの名を何度も呼んだ。ばあちゃんはルルちゃんの身体を優しくさすり続けていた。母は小さな鈴をルルちゃんの耳の横で鳴らし、戻ってきてルルー、こちらに戻るのよーと、七央とともに声をかけ続けた。

ルルちゃんは七央の声が聞こえたのか目を開け起き上がろうとした。母もばあちゃんも七央も妹も固唾《かたず》を呑んで見守るなか、ルルちゃんはよろよろしながら起き上がり、七央に向かって歩きだした。一歩、二歩、三歩、苦し気に息を切らしながら七央を見つめ歩いてきてくれた。七央が抱き上げるとにゃぁ、と鳴き、七央の胸の上で息絶えた。ルルちゃんの死に顔は幼い子ネコのような表情だった。

七央はルルー、ルルちゃーんと何度も何度も名を呼び、母から鈴を取り上げ、もしかしたら蘇生するかもしれないと鈴を振り続け身体をさすった。その時、お兄ちゃん、もうルルを天国に行かせてやろう、もう鈴を振らなくていいよ、といつも憎まれ口をたたく妹の雪乃が優しく言って、七央の背中に手を当ててくれた。

その後のことは覚えていない。

初めて目の前で愛する者が死んだ。

ルルとの10年間の記憶はかけがえのないものになった。

大粒の涙の中にルルとの初めての出会いや、毛糸玉を追いかけていた元気な顔やしぐさがいくらでも蘇り、七央はじっとしていることができず芝公園まで駆けていった。

悔しくて、悲しくて、どこにもぶつけられない理不尽な突然の別れに怒りに近いものがあった。それは死にゆく命の前で何もできなかった自分に向けた感情であったのかもしれない。びくともしない大樹を何度も叩き、手に血がにじんでいるのもわからなかった。

そして成人式の夜、もみの木の下に子ネコが捨てられていた。家に連れて帰り、すずこと命名した。あれから16年が経った。

すずこは外歩きをしても必ず1時間ほどで家に帰ってきていた。ネコは死ぬ間際に姿を隠すという言い伝えがある、とばあちゃんが不吉なことを言っていたのを思い出し、七央はその妄想を急いでかき消した。

「今日は姿を見ないよ」

夜空にレンズを向けながら牧師が答えた。

「もし見かけたら、連絡してください。散歩からまだ帰らなくて、今探しているんです」

七央は、牧師に手を振って駆け出した。

家に着くと看板の明かりは消えていたが、常連客たちがカウンター席にいた。

「おかえり、七央」

東麻布商店街で酒屋をしている堺さんが、七央の顔色をうかがうように言った。

堺さんは店の開店記念日を祝うために従業員と来ていた。

「すずこは？」

みんなの雰囲気からすずこが帰っていないのはわかっていたが、訊かずにはいられないのだった。

「帰ってない」

母が言うと同時に、東京タワーの明かりが消えた。午前０時になったのだ。

「なんだか不吉だ」

七央はつぶやいた。

「なに言ってるのよ、大丈夫よ、すずこは」

「根拠のないことを言うな」

七央は、つい母にあたってしまう。

「七央、明日まで待とう。それでも帰ってこないなら、俺が迷いネコの張り紙を書くから」

　堺のおじさんが言った。

「明日の朝、7時に店に来い。それまでに張り紙を用意しておく。七央は明日、シェルターの花田さんに連絡して、保護されてないか訊くんだ」

「そうか！　それなら今聞いてみるよ」

　七央は少し希望が湧き、そそくさとスマホを取り出した。

「すでに鉄子ちゃんが連絡済みだよ。今の時点では保護はされていなかった。それと明日は保健所にも連絡してみたほうがいいよ」

　おじさんが言った。

「すずこは首輪に、住所と電話番号、それに登録ナンバーも書いてあるから、そこは心配ないよ」

　七央が、そう言うと母がもじもじしだした。

　七央は、不穏な空気を感じとった。

「かーちゃん、何やらかした？」

「首輪してない……」

　申しわけなさそうに母がうなだれた。

「はぁ！」

鬼の形相《ぎょうそう》で七央が叫んだ。

「ピンクの首輪にとりかえている最中に外に出たんだよ」

店の中は静まり返る。

「マイクロチップは？」

堺商店でアルバイトしている女の子が訊いた。

「16年前にチップはなかった。すずこには、それからさせてないんだ」

七央はめまいがしてきた。

「おじさん、明日6時に変更して」

七央は、店の奥にある階段を上がった。

2階の部屋は、ばあちゃんと母の部屋だ。もしかして、と思いばあちゃんの寝ている部屋に行き起こさないように布団をはいだ。すずこは気が向くとばあちゃんの布団に潜りこむからだ。

いない……。

母の部屋に入り、カーテンの後ろやクーラーの上を見たがいない。子ネコだった頃、クーラーの上に飛びのったのはいいが、下りることができず鳴いているすずこを助けたのを思い出し、七央はまた涙にくれた。

3階に上がり妹の雪乃の部屋のドアをノックした。

「わたしの部屋にはいないよ」

部屋から心配げな声が返ってきた。

自室に入ると、七央を待っていたのかポンちゃんが出迎えてくれた。ポンちゃんと暮らして3年になる。

七央はルルを亡くしてから、保護ネコの活動を始めるようになった。何からやっていいのかわからなかったが、ネコ好きのお客さんから花田シェルターを紹介してもらった。シェルターとは、犬やネコの保護施設のことだ。シェルターに行くとたくさんのネコが保護されていた。その子たちは去勢手術をしてワクチンを打ち、健康状態が回復すると貰い手を探し、面会をして貰われていく。

ネコの保護には捕獲機が使われる。初めて捕獲機を見た時あまりの大きさに驚いた。機械を覆うカバーは黒く90センチほどもある。一般的なネコの体長（しっぽを除く体の長さ）は大人で平均30センチくらいだ。そのラージサイズな捕獲機を肩にかけ、仕事が終わる午前1時過ぎに、公園の木の後ろや茂みの中をきょろきょろと見渡しながらしのび足で歩いていると、必ずもしもしと警察官に肩を叩かれ職務質問されていた。今ほど保護ネコの活動が知られていなかったので、かなりの頻度で不審者に思われ、母にまで電話をされ確認をとられた。

経験値の高いネコたちは、長い捕獲機の中に餌がぶら下がっていても、警戒して中に入ろうとはしない。子ネコなどが無邪気に中に入り、餌を食べだした途端、ガシャンとドアが閉まるのを遠目で見ている。

ポンちゃんは、芝公園にいた。

いつものように仕事が終わり公園に行くと、茂みの中からポンちゃんは出てきた。七央を見ると、子ネコながらもシャァー、と威嚇してきた。外で生まれた7割の子ネコが生後半年までに死んでしまうそうだ。ポンちゃんはやせ細り、毛並にはノミやごみが絡まっていた。何日も食べていないせいで、骨と皮だけだった。保護しなければ、数日後には死んでしまう。

七央はポンちゃんから離れ、しばらく様子を見ていた。その当時の芝公園はこんもりとした小さな山だった。階段を上り詰めると、そこは都会の中の密林だった。日本でも古い公園の一つで、江戸や明治の面影を残す巨大な樹木がたくさんある。

七央は、ケヤキの木の下でポンちゃんがいなくなるのを確認すると、茂みのそばに捕獲機を置いた。

ケヤキの木の下で待つこと40分。ポンちゃんが帰ってきた。捕獲機の中には匂いが強いエサを入れてある。ポンちゃんは捕獲機のまわりをうろついていたが、花田さんのアドバイスのとおり、撒きエサをしたのが功を奏した。

ポンちゃんは外の撒きエサを少しずつ食べながら、捕獲機の中に足を踏み入れた。七央は祈る気持ちで見守っていた。もう少しで扉が閉まる。あと一歩だ。ポンちゃんが満足げにエサを頬張りながら前脚を進めるとガシャン、と大きな音がして扉は閉まった。

その日から3年の月日が流れた。ポンちゃんはすずこを母と慕い乳を飲んでいた。すずこはそれに我慢強く応えた。ポンちゃんが乳離れして成長すると、年下のクロをひっかくポンちゃんの様子を遠目で見ていた。クロがすずこのそばに逃げてくると、ポンちゃんはすずこに威嚇され尻尾を下げて逃げていくのだった。

ポンちゃんは凶暴なところがあるが、いつもすずこには甘えていた。ポンちゃんはすずこがいないことが心細いのか、にゃおーん、と悲しそうに鳴いて、めずらしく七央の足元に絡みついた。ポンちゃんの鳴き声で寝ているクロやマルちゃんが耳をぴくつかせた。

第2幕

青い酒
―さくらの苦悩―

陸の孤島といわれた麻布十番も、大江戸線の開通でたくさんの人であふれていることに、さくらは驚いた。

学生時代に住んでいたのは東麻布にあるワンルームだったので麻布十番は歩いてすぐだった。昔ながらの店がたくさんあり、地元住民の町としてひっそりとしていた。たまにテレビで店が紹介されると土日などはにぎわっていた程度だった。けれど大江戸線ができてからはアクセスが良くなり、商店街は平日でも人通りが多くなっている。

さくらは、その当時自宅から自転車で大学に通学していた。なりたい自分が現実にあり、それに関連するゼミに入ったり、話題の店ができると市場調査とばかりに足を運んでいたものだ。その目標とは、広告代理店に入社することだった。

企業のイメージや商品を媒体にのせ、自分の企画力で商品をプロデュースし、消費者へとつなげていく。なんてやりがいのある仕事だろうと思った。

小学生の時、食わず嫌いだった納豆が、自分と同じ年ごろの女の子がおいしそうに食べているテレビCMを見て、おそるおそるその女の子と同じポーズで食べてみた。それでも納豆は今でも食べることはできないが、食べてみよー、とその気にさせたのはすごい力だな、と子供心に感心したのだった。

その気にさせる何かを考える人に将来なりたいと思った。

憧れの業界に入社できた時は奇跡が起こったと思った。それもとびきり入社が難しい業界トップクラスの企業だった。

受かるはずはないと思っていたが、履歴書を書く手間は同じなので宝くじを買う感覚で入社試験を受けたのだった。

合格通知が来た時には、信じられなくてかえって腰が引けた思いだった。母は親戚中に知らせ、お祝いの席まで設けた。さくらは、そんな母についていけないところがある。

弟のさりげないおめでとうの言葉と、父からは、これからが大変だぞ。浮かれずに頑張れ、と言われたことが素直に嬉しかった。

母は、スーツや靴やカバンなどを買いに行くのについてきてくれたが、それはふさわしくないとか、これならあの会社の格に合うわなどと、さくらの好みよりも、会社の格？に合わせてアドバイスをした。

さくらは子供の頃から母の意見に従ってきたが、中学生になると母との距離を取るようになった。

高校生になるとほとんど口をきかなくなり、少し母に悪いなと思った。

さくらが生徒会長になると母は、努力したのね、偉いわ、と言っていたが、生徒会長なんて誰もやりたがらず、さくらは校則に納得できずにいたので名乗りを上げただけだった。

さくらはみんなの意見を訊いて規則や風紀の改革を推し進めた。まずは高校の制服を自由化しようと活動を始めた。一部の女子はスカートをはくのがいやでストレスになる子もいた。さくらは、スカートをはきたい人はそれでいいし、はきたくない子はスカートをパンツにする選択を与えるべきと主張した。

しかし、署名運動をして学校側に提出したが却下された。さくらが理由を尋ねると、一部の人のために校則を変えるわけにはいかないと言われた。

さくらは沈黙の抗議に出た。校長室に行き待ち構える先生の前で、制服のリボンを外し、スカートを脱いだ。担任の女の先生からは悲鳴が出た。スカートの下にはジャージをはいていた。このジャージも学校の制服と同じことですよね、とだけ言うと、校長先生の机の上にリボンとスカートを置き部屋を出た。

一部の人って、なんだよ、それ！　と悔し涙が出た。

さくらのジャージ姿を見て、外で待っていてくれた子たちが抱きしめてくれた。

それからが面倒だった。制服のリボンとスカートが母を通じて返されたのだ。母は、生徒会長にあるまじき行為です、わたしは恥をかきました、とさくらを責めた。

訳を話しても、母はそれは学校がおっしゃることが正しいわ、と言うばかりだ。この人とは意見を交換することさえできないんだ、と改めてさくらは母との距離を悲しく感じた。

母はきっと人生のレールの上を規則どおりにはみ出さず歩いてきた人なのだ。それが母のやり方だ。けれど、わたしは母とはちがう。これからも納得できなければいくらでもリボンを投げつけてやると思った。

世界にも名を知られた企業に入社し、ここではすべてのことがフェアに行われ、意見も自由に述べられるものだと思っていた。

面接の時に、

「柊木さくら、名前が覚えやすくていいね。クライアントにはまず名前を覚えてもらうことが第一だから」

机の向こうにずらりと並んでいるスーツ姿のおじさんから言われた。

さくらは、日本の代表みたいな名前があまり好きになれなかったが、この世界は名前までもが仕事に影響するのか、とちょっと引いてしまった。

入社すると、クライアントはテレビCMで見ていた有名な会社が多く、普段では会えないような企業の社長とも打ち合わせをする機会があり、毎日の仕事は気分が上がった。

先輩や上司との打ち合わせの現場ではもっぱら資料を出したり、上司からのアイコンタクトの指示を受け、パソコンの画面をすかさずアップしたりする作業に2年を費やした。

商品の撮影日などは、朝からタレントの好きなお菓子や飲み物を用意するのに走りまわっていた。アイドルの写真集などの出版サイン会などは、押し寄せるファンからタレントを守るために、ガードマンの役割もした。これも仕事の一環なのか？　と疑問を感じつつ全力でタレントを守った。仕事への疑問は少しずつ溜まっていたが、なんとか毎日をこなしていた。

3年目に入り、食品関係のプレゼンでさくらの案が注目された。それはタレントを起用するのではなく、漫画のキャラクターに商品を食べさせ、キャッチコピーを言わせる。それも、「うん、いつもと同じ味！」という長年の決め台詞を、「うん？　なんじゃこれ！」と、変更するアイデアだった。

そのコマーシャルは歴代のタレントがお決まりのキャッチコピーを言うのが、伝統だった。

さくらの案には反対の声も多かったが、クライアントも新商品に向けて意外性を求めていて、賛成票がじょじょに増え、社内では上司や話をしたことのない先輩からも声をかけてもらうようになった。しかし企画が通りかけた時、クライアント側から「待った」がかかり、結局没になった。

購買層は小中高生が多いのだ。それなのに、マンネリ化したタレントの知名度だけで商品を格上げしているように感じた。さくらは思いきり漫画のキャラクターでイメージを一新し、子供たちの目を引き寄せたかった。他社から続々と出る新商品に対抗して、強烈なインパクトで購買意欲を促進させたかった。

部長にもう一度話すと、

「クライアントがその気にならないものは、強くは押さない。伝統やイメージを変えるのを老舗企業はいやがるんだ」

と言われた。

「え、新しいことを打ちだすのが広告代理店じゃないんですか？　旧体制のクライアントをその気にさせることもできないなら媒体の意味なんかないじゃないですか！」

と食ってかかり、チームの雰囲気が寒々しいものになった。

さくらの案はいきすぎだ、クライアントあっての広告代理店なのだ。彼女は考えが青すぎる、と陰で言われているのも知っていた。それを聞いた時、な、な、なんてステレオタイプの業界なんだろうと思った。

はぁ、青すぎる？

確かに青色は好きだけど。

最先端の服を着て、最先端の音楽や芸術に触れている人たちなのに。さくらは校長室での思いと同じ、もやもやとした憤りを感じた。きっと、これは経営陣にダメ出しされたのだ。そしてそれに反対意見を投じるエネルギーを持ち合わせた人たちもいないのだ。

つまんないな。

そんな状況のなかでさくらはリボンを投げつける気力が失われつつあった。目の前で行きかう先輩の女性たちは、あんなにもクールに現場では仕事をさばいているというのに。いったいどこで企画はねじまげられてしまうんだろう。さくらは熱い気持ちでこの世界に入ったけれど、日に日にやる気がそがれてしまった。

「辞めたいと思います」

と上司に告げると、

「石の上にも3年ってことわざ知っているか。俺たちの時は徹夜なんて平気でやったし、下からは突き上げられ、上からは押さえつけられ、苦労したよ。柊木、早まるんじゃないぞ」

と軽くいなされ、あなたは石器時代の人ですか、と言い返してやりたかった。

それでも3年耐えた。

仕事の内容よりも人間関係や会社の組織の古さにうんざりした。会社安泰主義。これ以上でもこれ以下でもない。このままいると、自分の体力も精神力も干からびてしまうな、と思った。安全なものにしか手を出さない。それが企業なのだと思った。それでもどうしても最後まで立ち合いたい企画があったので、あと1年さらに耐え抜いた。

クライアントはペットフード会社だ。小型犬専用の無添加、人間でも食べることができるとの安全な商品は、業界でも大手の会社を抜いて累計販売量がトップに躍り出た会社だ。

その勢いに乗って新商品のプロモーションを展開する。すでに信頼度は獲得しているので、さらなる話題作りをし、顧客の口コミやインスタグラムでのアップにつなげたいというのが、クライアントの意向である。

いろんな案が出されたが、日比谷公園で、飼い主さんと犬のファッションショーをやるということに決まったのだった。

うーん、なんだかなぁ、とさくらは思っていたが、すでに辞める気でいたので自分の案など通るはずもないと口を出さなかった。

ネットで告知されると応募者が殺到した。クライアント側は動物愛護協会からの横やりが入らなければいいがと懸念したが特におとがめはなかった。

当日は晴天。

舞台はランウェィを長く取ってあり、正面にはクライアントの新商品の看板がでかでかと飾ってある。入場無料で、もちろん新商品のお土産付きだった。

ワンちゃんたちはかわいくて、怖がり吠えた子もいたが、飼い主がそばにいれば安心して堂々とランウェィを歩く犬が多かった。この日のためにお揃いの洋服を仕立てた飼い主とワンちゃんが登場すると、みんな写真を撮り、会場は盛り上がった。参加者はそれぞれに工夫を凝らしたファッションでお客さんは惜しみなく拍手を送った。

さくらも笑顔で歩く飼い主とワンちゃんに大きな拍手をした。お互いに顔を見合わせながら、ステージを歩く姿を見ていると、さくらは家族だなぁ、信頼しあっているなぁ、とじーんと心に温かいものが込みあげた。

それと相反して、こうやって世界は矛盾をはらみながら回っているのだと知った。社会に出て7年目でわかったことは、遅かったのか、早かったのか――。


何を失ったのかもわからず会社を辞めた。

給料は良かったので、貯金はできた。忙しすぎて遊ぶ暇もなく、お金を使ったのは洋服だけだった。まわりは最先端のファッションだったが、さくらはファストファッションを活用してその時の流行の服を着回していた。

消費させる側にいるさくらは、舞台裏をいやというほど見せつけられ、買いものに関しては食傷気味だった。

素直にファッションや流行のブームに乗ったグッズや食品なども買ってみたかった。けれど、資料整理などで自宅に帰っても深夜まで仕事は続いた。街で遊ぶより、時間があればとにかく眠りたかった。食欲は落ち、たまに食欲がわくとレンチンしたスパゲティや焼きおにぎりなどを食べていた。ある日、クライアントの会社に行くと、ペッパーくんが玄関口にいた。さくらは、ペッパーくんに近づくと、

「こんにちは。柊木さくらです」

と握手を求めた。

ペッパーくんは当時人気者で、どこのクライアントにもお出迎え係で玄関にいた。さくらは、ペッパーくんに出会うたび、お客様を迎え入れる姿がかわいくて必ず握手をしていた。

ペッパーくんは力強くさくらの手を握りしめてくれた。

さくらが満足して立ち去ろうとした時、

「あっ、あなたは……？」

ペッパーくんが突然そう言った。

さくらは驚き、首をかしげてこちらを見ているペッパーくんを残してその場を去った。

会社に帰り、チームの後輩と資料整理をした。毎日が残業なのでさくらはコンビニで買った夕食用のじゃこわかめおにぎりを給湯室の冷凍庫に入れてある。レンチンした温かいおにぎりを後輩のもみじに渡した。もみじも名前受けが良いと面接で言われたくちだ。

「それ、都市伝説になっています」

さくらは、ペッパーくんとのやりとりをもみじに話していた。

「なにそれ？」

クライアントから大量に頂いた緑茶を飲みながら、おにぎりを食べた。

「世界中にいるペッパーくんは、連絡を取り合っているそうです」

「どーいうこと?」

さくらは目を丸くした。

「さくらさんはペッパーくんに会うと、街でも、会社でも、遊園地でも必ず握手して話していますよね。ペッパーくんたちは共通の巨大なマザーエンジンを持っていて、その中にはすでにさくらさんの過去のデータがあるんです。だから、さくらさんと初めてあったペッパーくんも、さくらさんを認識する。つまり、すでにさくらさんを知っているということ、らしい」

後輩は得意げに語った。

「えー、そんなの困るよ。もし、訪問先のクライアントで、この前××会社でお会いしましたね、なんて言われるとそこがクライアントのライバル会社だったらまずいじゃないの」

さくらは、都市伝説にしてはリアルすぎると、背中がぞっとした。

残業は当たり前のように毎日で、体力も気力もそこなわれていった。ストレスが抜けず、それどころか毎日上塗りされていった。3年目で退職すればよかったのに、さらに3年耐えたのがいけなかった。

アイディアは枯渇し、身も心も訳のわからない何かにのしかかられているようだった。

夜は不安で眠れなかった。新人の後輩たちの斬新な企画に感動もしたが、そのまま自分への焦りにもなった。

さくらの全身全霊は悲鳴を上げていた。自分の中に新しい風を入れ、活力となるものが欲しかった。そんな時、地下鉄の車内にぶら下がっている中吊りポスターが目に入った。それはプリンセスホテルの広告だった。

客室の窓から東京タワーが見える。しかも、触れるぐらいありえないほどの近さで。さくらは学生の頃に住んでいた東麻布の部屋を思い出した。ワンルームの窓からは東京タワーの先っぽだけが見えていた。点滅する赤い光は申しわけ程度にしか見えないけれど、それはいつ見上げても輝いていた。

ひとり暮らしで寂しい気持ちになった時や、明日までにレポートを書き上げなければならない時、試験勉強している夜、ふと疲れて顔を上げると、彼女はさくらにもの言わぬエールを送ってくれた。

ここしかない！

今のわたしを回復させるものは東京タワーだ。

さくらは、それから３か月に一度の割合で宿泊することに決めた。

初めて２８１１号室に足を踏み入れた日の感動を今も忘れない。その日は残業がありいつものように時間がかかった。それが終わり、さくらが浮き立つ気持ちを抑えながら帰り仕度をしていると、クレーム処理の電話が内線で回ってきた。それは本来さくらたちのチームがやるべきことではないが、それでも早急に事を収めたいがためにつながりのあるさくらのチームに白羽の矢が立ったのだ。長引く説明とお詫び、それに伴う予算の変更、電話を片手に目に見えない相手に頭を下げる姿は自分でも滑稽に思えた。

プリンセスホテルにたどり着いたのは21時過ぎだった。

学生時代にはなじみのある街だが、就職してからは会社に近い街に住んでいたので、久しぶりに歩く芝公園の樹々の匂いを思い切り胸に吸い込み、くたくたの足と心がふるさとに帰ったような安心感で満たされた。

フロントはまるでイギリスの洋館の中にいるようなしつらえだ。カードキーを貫い、高層階専用のシースルーエレベーターで28階に昇った。ヒールが引っかかるほど分厚い絨毯の上を歩き、ドアにキーを当てた。ドアを開けるとまっ暗だった。さくらはそのまま明かりをつけずに部屋の中に入った。

彼女がいた。

巨大な東京タワーがいきなり目の前にいる！

——いよっ、日本一の立ち姿！——

堂々たる姿に、なぜか涙が出て自分が恥ずかしかった。

さくらは泣いた。ひとしきり泣いた。

何年ぶりの涙だろう。

会社を続けられたのも、この場所に来て彼女の前で事あるごとに悔し涙を流したおかげだった。

それにもう一人。さくらを支えてくれた人がいる。

マッサージ師の七央さんだ。

彼とは、この部屋でしか会わないけれど、さくらを一番身近で知っている人だ。この部屋で七央と向き合うさくらは等身大で1ミリも背伸びをしていない。広告代理店の柊木さくらはここにいない。心も顔もすっぴんぴんのさくらだ。

七央とさくらは一番近くて一番遠い存在だ。マッサージ師の七央はさくらのプライベートは何も知らないが、さくらの身体の機能が少しでも変化すればすぐにそれを察知し改善する。さくらにとって命に関わることに七央はつながっているのだった。

さくらは、退社しても貯金が底をつくまで3か月に一度プリンセスホテルに行くつもりだ。次の人生は何をして生きるのかまだ決めたくなかった。

お金は安定につながるが、今は自由と楽しさを感じることができる自分を取り戻したい。

「7年のキャリアを捨てるつもり？」

同僚はそう言ったが、責任だけ負わせられるのは理不尽だ。

「転職してもここほどお給料取れないよ」

いやいや、お金は最低限食べていけるだけでいい！　そう思える自分がいる。

さくらは麻布十番商店街を歩きながら、送別会での会話を思い出している。帰り際には花束を貰った。照れ笑いしながら受け取り少しだけ涙腺が緩んだ。

送別会は、虎の門ヒルズの中華レストランだった。会が終わり外に出て、みんなとハイタッチをして別れた。さくらは歩いて帰ることにした。東京タワーへと続くまっすぐに延びる日比谷通りには人が歩いていない。芝公園の先に見えるタワーはあいかわらず静かに発光している。彼女をずっと見つめながら歩いた。東京タワーはさくらを待っているように大きく迫ってくる。

増上寺の公園を突き切り、芝公園に入るとバラがたくさん咲いていた。大階段を上がり、タワーの真下まで行くとさくらは退職したことを彼女に報告した。

プリンセスホテルもすぐ左手にある。タワーの光をガラス窓に写し込み、そこにももう一つタワーがあるように見える。さくらは公園にあるバラの庭園をひと回りして一つひとつのバラの香りをかいだ。

ゆっくりと時間が流れる。もう誰からも自分の大切な限りある時間を奪われたくないと思った。

プリンセスホテルに着くと、気持ちに余裕ができたのかインテリアの隅々にまで目がいった。フロントの後ろは本棚で、そこには素敵な革表紙の洋書が並べてある。今までそれに気づかないほどさくらは神経がとがっていたのだと感じた。チェックインして、部屋に入り花束をソファに置いた。お風呂に入り、いつものようにマッサージを受けた。

昨日のマッサージは、7年分のストレスをふっ飛ばしてくれた。マッサージ師の七央さんは、さくらの凝り固まった身体を丁寧にほぐしてくれた。自由になったとたん、へなへなと普段感じないこりが強く出たのにはさくらも驚いた。それでも翌日の朝の目覚めは、すっきりしていた。時計を見ると6時で、いつも起きる時間帯なので苦笑いが出た。

慌てることなどないのだ。さくらはベランダに出てタワーを眺めながらミネラルウォーターを飲んだ。上から見る芝公園のバラの花がかわいかった。ほんのりと香りがたちのぼってくるようだ。しばらくベランダからの景色を眺めていたが、今日はなにをしようかと考えた。このままベッドで本を読んでもいいし……そうだ、自由になった1日目は学生時代にいつも立ち読みをしていた本屋へ行くことにしよう。この本屋にはジュバンニ君というかぶりものをしたキャラクターがお客さんを迎えてくれる日がある。さくらはついでに麻布十番で昼食を買うことにした。シャワーを浴びて着替えると部屋を出た。

本屋に着くとジュバンニ君はいなかったのでがっかりした。しかも来月から改装に入ります、と表の壁に張り紙があった。

「あのー、いつ新装開店するんですか？」

さくらは懐かしい書店が建て替えられるのが嬉しくもあり、寂しくもあった。

「ああ、来年の春にはオープンできるかな」

お店のお兄さんが言った。

奥に入ると今もセーラームーンのポスターが壁に貼ってあった。そういえば十番商店街はセーラームーンの聖地だ。さくらは主題歌を頭の中で口ずさみながら、漫画のコーナーに行き、前から読みたかった漫画を5巻まとめて買った。

それからおでん屋に行き、具を選んだ。熱いおでんを片手に芝公園へと向かったが、ビールを買うのを忘れたことに気づいた。

仕事ではどんな小さな事柄でも忘れることはなかったので、それだけ今は前頭葉が緩んでいるのだな、と感心し酒屋を探した。

東麻布商店街の入り口が見えたので、覚えのある酒屋で買うことにした。店に入ると酒屋のおじさんがいた。学生の頃は前を通るだけだったが、外からおじさんが立ち働くのが見えた。おじさんは少し老けていた。

「いらっしゃーい」

独特の言い回しでおじさんはお客を迎える。

この店には角打ちがあり桝酒《ますざけ》が飲めるのだった。

さくらはビールを買いに来たのだが、カウンターの向こうで大きな樽が並んでいるのを見たら、日本酒が飲みたくなった。

樽は3つ並んでいた。樽の前には酒の名前がそれぞれ書かれていた。さくらは退職記念に角打ちデビューすることにした。

「お客さん、初めてだね」

カウンターの前でおじさんが微笑んだ。

「はい、学生の頃ときどきこの店の前を通る時にお客さんが立ち飲みしている姿が見えて、一度来てみたかったんです」

「そうかい、それはありがとう。それじゃ何を飲む?」

「そうだな。迷うな。おじさんのおすすめはある?」

さくらはどれを選んでいいのかわからなかった。

「お客さん、今日が角打ちデビューだろ。だったら、自分の直感を信じて選んだほうがいいよ」

おじさんが言った。

「でも失敗したらやだしな」

樽の前に、酒の名前だけ書かれてある木札を見た。そこには、甘口、辛口などの説明もなかった。

「失敗するから面白いんじゃないか。初めからどんな味なのかわかっていたら面白かねー
だろうよ」

それもそうだと思い、

「うーん、それじゃ雨後の月、月光で」

「あいよ」

藍色に堺商店と白で染め抜かれた前掛けをしたおじさんが、威勢よく返事をした。おもむろに月光の樽の前に枡を置き蛇口をひねった。

「うわぁー、いい香り」

もぎたての果実のような瑞々しい香りが店の中を包んだ。

酒は枡の中にあるコップになみなみと注がれ、したたり落ちた。

「角打ちデビューおめでとう」

おじさんは、にっこりと笑顔で枡酒をカウンターの上にのせた。

さくらはこぼさないように、枡を両手で持ち上げ口元に運ぼうとした。

「お客さん、枡酒を飲むときは口からお迎えに行くんだよ」

「口から？」

「そう、枡を持ち上げるとこぼれるから、一滴でも落ちないように、のん兵衛は、こうや

るのさ」

おじさんは、口を枡に近づけるふりをした。

さくらもそれをまねしてコップに口をつけ一口飲んだ。ふわっと、身体がとろけた。

「雨後の月かぁ、澄みきって、透明で、まろやかな味だ」

さくらは頬がゆるゆるとほころんだ。

「幸せそうな顔してるなぁ」

おじさんはさくらを見ながら嬉しそうにつぶやいた。

壁に張りついている丸い時計は10時を回ったとこだ。ガラス戸からは太陽光線がさくらの身体を温かく照らした。いつもなら、クライアントからの電話対応に追われている時刻だ。

「お客さん、もしかしておでん持ってる？」

おじさんが、さくらのエコバッグに目を向けた。

「はい。十番のおでん屋さんでテイクアウトしました」

さくらはおでんの袋を持ち上げておじさんに見せた。

「これとビールで、芝公園でブランチにしようと考えてたんだけど、つい、ね、これになった」

さくらは枡を持ち上げた。

枡の中のコップにはもう半分しか酒が残っていない。

前頭葉はますます緩んできた。

「おじさん、よくおでんとわかりましたね」

さくらは驚いた。

「ああ、うちの取引先の店だからね。嗅ぎなれたかつおだしの匂いでわかるんだよ。よかったら、ここで食べたらどうだい」

おじさんは、くるっと背中を向け、戸棚から皿と箸を出してさくらに渡した。

「うわっ、ありがとうございます」

さくらは、まだ熱々の大根や厚揚げ、はんぺんにちくわぶ、そして一番好きなトマトのおでんを皿に盛った。

「はは、やっぱりトマトか」

「これ、最初はミスマッチだと思ったけど、さっぱりした味に学生の頃からハマっていました」

からしの入ったビニール袋を破り、大根にたっぷりつけた。

「ひーっ」

塗りすぎてからしが目に染みる。

「どうぞ、ごゆっくり。お代わりしたいときは声かけて。あと、ビールを飲みたかったら好きなものを冷蔵庫から自分で取ってね」

おじさんはカウンターから出るとレジの前にある机に座り、画用紙にクレヨンで何かを描いている。おでんの香りと枡酒の香りにクレヨンの匂いが混じり、不思議な空間になった。

「大将、配達から無事帰りました」

のれんの中から、前掛けをしてキャップをかぶったおじさんが出てきた。

「おかえり。パートの子がもうすぐ来るから、先にお昼を済ませちゃって」

おじさんが、クレヨンを持つ手を止めて言った。

さくらは、無事に帰りました、という挨拶が心にしみた。外に一歩出ればいつ交通事故や自然災害、犯罪に巻き込まれてもおかしくない物騒な世の中だ。もしかしたら今日一日を生き延びているのは奇蹟に等しいのかもしれない。

会社勤めをしていた時は、帰社した時に無事帰りました、なんて言うとそぐわないけれど、この堺商店では自然になじんでいるのだった。

「じゃ、お先にいただきます」

配達のおじさんが、さくらに気づき礼をしたので、さくらもちくわぶを頬ばったまま頭を下げた。

「あっ、すずこは見かけたかい？」

「見かけませんでした。公園も回ってみたんですけどねぇ。また配達の時に見回りしてみます」

「そうか、悪いけど頼むね」

おじさんは、またクレヨンで書き始めた。

さくらはおでんを平らげ、冷蔵庫からビールを取り出した。

今日は、高校のクラスメートと会うのだ。

さくらの退職も兼ねて久しぶりに顔を合わせる。お互いに近況報告などこまめにする性格じゃなく、クリスマスや新年、それぞれのバースデイにＬＩＮＥでメッセージを送るぐらいだ。それでも自分のことを包み隠さず話せる相手はこの二人だとさくらは思っている。

千夏《ちなつ》も舞《まい》も、かなりの酒豪なので、雨後の月の一升瓶を買うことにした。

「お客さん、配達しようか？　自宅は遠いのかい？」

おじさんが机の向こうで訊いた。

「わたし今夜はホテルに泊まって、友達と部屋飲みするんです」

「そうかい、それじゃ持ちやすいようにこの袋に入れてあげるよ」

おじさんは麻でできた分厚い袋に、丁寧にプチプチで巻いた一升瓶とビールを入れてくれた。

「ありがとう。袋は明日返しに来ます」

「また、今度遊びに来た時でかまわないよ」

さくらは礼を言って店を出た。

道路に出ると、ほてる頬に風が気持ちよい。地元の人でにぎわう東麻布商店街は昔からあまり変わっていなかった。それでもイタリアンやインド料理など新しい店がちらほらできていた。

昔住んでいた街を歩いていると、自転車で大学まで通っていた自分が通りの角からひょっこりと顔を出す。よく行ったコンビニの中からも、希望に燃えていたたくさんの過去の自分が現実のさくらをじっと見つめている。

さくらは、あの日の自分に向かってごめんね、あんなに頑張って勉強して憧れの会社に就職できたのに7年で辞めてしまって、と自転車を一生懸命漕ぎ通学する過去の自分に詫びた。

ホテルの部屋に帰り、ビールを冷蔵庫に入れて、お酒はクーラーの温度を思い切り下げて、風が当たる場所に置いた。昨日もらった花束は、花瓶の中で瑞々しい色あいを放っている。さくらは浴槽にお湯を張り、花瓶からこぼれ落ちたバラの花びらを散華《さんげ》のように浴槽に散らした。身体を伸ばし花びらを手のひらですくい甘い香りを胸いっぱいに吸い込んだ。

お風呂から上がるとパジャマに着替えた。長年の癖でスマホをチェックした。まだまだスマホに命令される習慣が抜けないのだ。さくらはスマホをバッグに放りこんだ。ベッドに身体をすべりこませると、しわ一つないシーツはパリっとしている。冷たいシーツはさくらの体温が伝わると柔らかく身体を包みこんでくれる。引き寄せられるように眠りの中へと落ちていった。

夢の中でピンポン、ピンポン、とチャイムの音がした。

目を開けると、ここはどこ?わたしは誰?状態になった。

すぐに頭をよぎったのは、今日は会社に何を着ていこう、資料は忘れずトートバッグに入れたかな、遅刻しないかな、などという毎朝の習慣だった。窓の外を見るとうっすらとタワーのオレンジの明かりが瞬いていた。

さくらは現実を把握し胸をなで下ろした。退社していたことにほっとしたのか、遅刻しなかったことに安心したのか、自分でもわからない不思議な気持ちだった。

忘れていたが、今日は夕方から千夏と舞が訪れる日だった。そのためにお酒も用意したのを思い出し布団をはねのけ、ベッドから飛び起きドアに走った。

ドアを開けると千夏と舞がいた。

「久しぶりー」

お互いに満面の笑みになり、どちらからともなくハグしあった。部屋に招きいれると、

「うわー、すごいド迫力」

舞が窓に走り寄った。

「そんなに驚くか？　舞はおばあちゃんの家からもタワー見えるじゃん」

さくらは何度か舞のお婆様の素敵な屋敷へ遊びに行ったことがある。

「グランマの家からも見えるけど、こんなに目の前じゃないよ」

舞は、エキゾチックな瞳をこちらに向けた。

「近っ！　タワーの真下から見上げたことはあるけど、こんなに真横に立たれていると存在感すごいね」

千夏もスマホを取り出し恐々とベランダに出た。

荷物も置かずに二人はタワーに見とれている。

さくらはふとガラスに映る自分のパジャマ姿が目に入った。

「やだー、わたしパジャマじゃん。なんで突っ込まないのよ」

さくらが笑い転げた。

千夏と舞が振り向き、

「さくらのパジャマ姿、見慣れてるもん」

千夏が今さらなによ、と言いたげに答えた。

「そうよ、３人で卒業旅行した時も大雨で旅館に閉じ込められたじゃん。その時も一日中さくらは着替えもせずにパジャマだったよ。それに塾の夏季合宿の時だって部屋ではいつもパジャマだし。スカートを脱いでないだけいいよ」

舞がこちらに顔を向けると千夏が笑い転げた。

「もうっ、スカート事件のことは言わないでよ」

さくらは照れくさかった。

「あの時のさくらは忘れることができないよ。ちょっといきすぎて心配なところもあったけど、私には到底できない行動だもの」

千夏が言うと、舞もそうだと言わんばかりにうなずいた。

15歳の自分を知っている女友達。３人は30歳を目の前にしても過ぎ去ったあの場所へ一瞬にして戻ることができる。

千夏がソファに座り、その横に舞が座った。

「ね、着替えなくてもいい？」

さくらが二人に尋ねた。

「もちろんよ、でもクーラーで部屋がキンキンに冷えてるから、ガウンをはおったほうがいいよ。さくら、冷えるとすぐお腹痛いって言いだすから」

千夏が言った。

こんなに自分のことをわかっている友人に感謝の気持ちが素直に湧いてきた。母も知らないようなことを友人は把握しているのだ。

さくらも二人のことは知っている。

千夏は、おとなしい性格だ。占いが好きで、漫画に詳しく絵画にも造詣が深い。パワースポットと名のつく場所へ行きたがり、そのくせ心霊スポットにも興味を示すのだ。今でも思い出すできごとがある。千夏は嫌がるさくらと舞を引き連れて渋谷区の千駄ヶ谷トンネルへ行った。このトンネルはもともと寺で、その下にこのトンネルができたの。だから、トンネルの天井に霊が映るのよ、と得意満面に説明した。さくらと舞は千夏を驚かそうと用意していた懐中電灯でおびえながら前を歩く千夏に光を当てた。千夏は大声をあげて、こちらに走ってきた。その時の様子を思い出すと、さくらは1時間ぐらい笑っていられるのだ。気が弱くて寂しがり屋だ。千夏はさくらと違って母親とは仲がいい。母娘で旅行によく出かけている。そんな関係がさくらは羨ましい。漫画家を目指していたが今でもその気持ちに変わりはないのだろうか。

「さくら、なにニヤついているのよ？　ねえ、ここにいいもの見つけたんだけど」

舞はプチプチで巻いた雨後の月を指さしながら嬉しげに言った。

酒豪の舞はいくつもの酒にまつわるエピソードがあるが、とりわけ成人式の日に３人で集まった時のことをさくらは思い出す。

場所は舞が指定した居酒屋だった。そこは東北の酒とあてが人気の店だった。式典が終わり店に着くと、舞は着物が苦しいからと、トイレで着替えメイクも落とし、さっぱりした顔で出てきた。今日からは誰はばかることなく酒が飲めると上機嫌だった。まずはビールから始まり、ワイン、焼酎と続いた。あきれるさくらや千夏が止めるのも耳に入らず、最後は日本酒を注文した。店のおじさんはテーブルにとっくりを置き、お客さんもうやめたほうがいいんじゃないですか。日本語わかる?と親切心で舞をたしなめた。

すると舞は、私が日本人じゃないから飲ませないのね、とからんだのだった。さくらも千夏も舞がクオーターであることで、日本で生きにくさを感じていることはわかっていたが、改めて舞の胸の内をかいま見た気がした。

舞の実家は呉服屋なので、それは立派な振袖を着ていた。

さくらは、着物には興味がなく成人式にも出席するつもりはなかったが、母親が知らないうちに買いそろえていた着物を無理やり着せられ、しかたなく出かけたのだった。千夏は袴をはいていたのが長身の彼女にとても似合っていた。成人式では舞の着物は目を引いた。着物の価値なんてわからなかったが、深く艶のある総刺繍の着物の美しさに誰もが振り返った。

フランス人のお母さんは日本の文化を愛していて、日本人の夫よりも歴史や文化を熟知していた。一人娘の舞は養子を迎え店を継がなければいけなかったが、舞はいつも日本にいなくて、絶滅の危機にある野性動物の保護活動をして世界を飛び回っている。きれいな着物を着るよりもアマゾン川でワニと遊ぶほうが好きなのだ。

30歳になったら店を継ぐから、それまでは好きにさせてほしいと両親に頼み込み、これからは日本の着物は世界に打って出ないといけない、そのためにも世界を知ることは大切なのだ、と無理やり母を納得させた。来年、30歳になるがどうするのだろうか。

「さくら、何してんのよ。ガウンを着ればいいからさ」

「はーい、お待たせ」

ソファに戻ると、千夏と舞もジャージに着替えていた。

胸に星城高校と刺繍がしてある母校のものだった。さくらはまたひとしきり笑った。

やっと腰を落ちつけたさくら、千夏、舞、あらためて３人で顔を見合わせた。

「お互い、人生忙しくて、成人式以来たまにしか連絡取り合わなかったけど、ちっとも、そんな気がしない」

舞が音頭を取り、さくらも千夏もうなずいた。

「まずはさくら、７年間のお勤めご苦労さん」

「はは、なんだか刑務所から出てきた人みたいだね」

千夏がまぜっ返した。

さくらは笑うたびに、空気が肺の中に入り息が深くなるのを感じた。

「これ、わたしたちからの退職祝い」

舞が、オレンジ色の包装紙に包んだ箱をさくらに渡した。

「あっ、これ」

見慣れた包装紙だった。

「さくら、好きだったでしょ」

千夏と舞がさくらの顔を覗き込んだ。

それは高校生の時に食べていたバームクーヘンだった。

「よく覚えていたね」

さくら自身が忘れていた。

個包装のスティック状のバームクーヘンをよくデパートまで買いに行っていたのを思い出す。

「さくらが学校に持ってきてくれて、みんなで食べたよね」

千夏が懐かしそうにバームクーヘンを手に取った。

「うん、これ中身はすごく柔らかいんだよ。でも外はカリッとして、自分をちゃんと持ってるの。そんな人間にわたしはなりたい、と思ってあの頃食べてたの」

「なんか、相田みつをみたいだね」

3人は笑いあった。

「ありがとう。それじゃ、わたしからも今日の逸品を」

「待ってました。さくらちゃんの逸品」

舞と千夏が手を叩いた。

「本日はお日柄もよく、親友との再会を祝して、大吟醸を選びました。その名も雨後の月、月光でございます」

さくらは、広告代理店のノリで話した。


さくらは、二日酔いで軽く頭痛がした。

水を飲みバルコニーに出ると大きく息を吐き背伸びをした。バラガーデンに咲く黄色いバラを見ていると、犬と散歩する人たちが挨拶を交わしあって公園を歩いている。芝の上では犬と寝転びじゃれあっている姿をうらやましく眺めた。

いや、ちがう。わたしもそういう時間が持てるようになっていたのだ。まだ退職した自分の身を実感できなかった。

「さくら、シャワーありがとう。さっぱりしたよ。結局わたしたち３人寝落ちしたんだね」

舞が身支度をしてパウダールームから出てきた。

「そういうこと。でも千夏は随分早く帰ったんだね。千夏からＬＩＮＥが来てたから転送するね」

「うん。ねえさくら、千夏少し元気なかったと思わなかった？」

「そうかな、そういえば口数が少なかった？　わたし飲みすぎてわかんなかったけど」

「ははは、さくらはすぐにダウンしておもろかったよ」

「なんだよ、舞も二番手だったくせに」

舞はバッグを取り、

「さくらまた会おうね」

「うん。来てくれてありがとね」

舞はさくらにハグして部屋を出ていった。

――昨日は楽しかったね。さくらは飲みすぎてソファで寝たから、舞とベッドまで運んだよ。舞もその後ダウンしてさくらの横で寝た。二人の寝顔を見ながらちびちび飲んでいたけど、わたしも結局さくらの横で寝ちゃったよ。川の字になって３人で寝るのは修学旅行ぶりだけど人肌っていうのかな、二人の体温を感じてとても心強くて嬉しかった。朝早く目覚めたから、先に帰ります。しっかりと食べて体調が回復してから次のことを考えなよ。それじゃまた会う日まで――

千夏からのメッセージと、さくらの横で寝ている舞の寝顔の写真が送られてきた。ベッドで胎児のように丸くなって眠るさくらの寝顔は少し苦しそうに見えたけれど、身体がふわん、と柔らかくなっている気がした。

上司に意見を言うたびに、ハリネズミみたいに身体から針をたくさん出していたさくらとは別人のようだ。

――また会おうね、千夏。ありがとう――

さくらは返信した。


チェックアウトまで時間がある。

レイトチェックアウトをリクエストしているので15時まで滞在できる。

さくらはジーンズとTシャツに着替えた。日差しが強いのでキャップをかぶりサングラスをかけマスクをつけた。

最後の日は堺商店のおじさんに麻袋を返しに行き、インド料理店でランチを食べることにした。自分のためだけに予定を入れるのが新鮮だ。東麻布商店街に行くのにわざと遠回りをして寺の前の坂道を下りることにした。信号待ちをしていると向かい側のうなぎ屋からかば焼きのいい匂いがしてきた。学生の頃にこの前を通るたびにウナギが食べたくなったことが懐かしく思える。信号を渡りウナギ屋の横の細い路地を歩いていると、ネコたちが数匹店の裏のごみ箱の前にたむろしていた。

茶色と黒のブチや黒ネコ、白ネコ、茶の三毛ネコ、いろんな種類のネコたちがいた。外ネコなのか家ネコなのか見分けがつかない。さくらがそばによると警戒して逃げていくネコたちの中で白ネコだけがさくらの足元に近づいてきた。真っ白な毛は少し汚れていたが目の覚めるような純白だった。

目の色は金色で美しいが、少し濁っていた。

頭を撫でると、にゃーん、とかすれた声で返事をしてくれた。奥の路地でネコたちの縄張り争いの威嚇の声が聞こえると、公園に続く細道に逃げ込んでいった。

さくらは、懐かしい場所を確認するようにゆっくりと歩いた。ツタの絡まるクラシックな喫茶店も健在だった。手書きの看板に本日の豆、コロンビアと書いてあるのも変わっていなかった。

昔住んでいたところを歩くとずいぶん自分が歳をとったように思える。あの頃のさくらは元気で、なりたい自分があって懸命に勉強して、そしてよく食べ、深く眠った。もう一度そんな自分がとり戻せるのだろうか。

堺商店に着くと、角打ちコーナーはにぎわいを見せていた。おじさんは海外からの観光客に知りうる限りの英語の単語を話していた。けれどお客さんはドイツ人だ。

さくらはカウンターにいる観光客に、

「グーテンターク」

と挨拶をした。

観光客は、さくらがドイツ語を話せるものと判断し、枡酒の飲み方や、あてとは何か訊いてきた。

さくらは英語も話せるが、英語圏以外の言葉を話せるほうが就職に有利だと思い、ビールとウインナーが好きな理由でドイツ語を習得したのだった。さくらは次から次へと質問攻めにあい、フランス人から話しかけられると、身振り手振りを交えながら片言のフランス語で答えた。カウンターは笑い声が飛び交いドイツ人は歌まで歌いだした。

おじさんがさくらに気づくと走り寄り、

「悪いねー、手伝ってもらって」

と頭を下げた。

「これ、ありがとうございました」

さくらは麻袋を返した。

「雨後の月で楽しく飲めたかい？」

観光客に、さきいかと醤油マヨネーズを出しながらおじさんが訊いた。

「はい、飲みすぎてわたしダウンしてしまって。友達が帰ったのもわからなかった」

「はは、そりゃ、大変だったね」

おじさんは笑い、サンマのかば焼きの缶詰を切り、

「サ、ン、マ」

と、ドイツ人のカップルの前に置いた。

観光客は匂いを嗅ぎ口に入れ、しばらく咀嚼すると、

「おいしいでーす」

と、おじさんに親指を立てた。

「今日は満員御礼だね」

「ああそうなんだよ。最近、角打ちが海外のメディアに紹介されてね、日本酒ブームと重なってこのありさまさ。うちはありがたいけどね。幻の酒くださーい、なんて日本語で言われちゃうんだから」

おじさんは次から次に缶詰を開けて説明している。観光客はおいしそうにそれらを箸で食べ、お土産に缶詰を選んでいた。

その時、レジ横ののれんから、木製の大きなおぼんに5種類ほどのあてをのせた男の人が歩いてきた。カウンターの前に来るとお客たちは歓声の声を上げた。

煮たまご、ピーマンの塩炒め、ポテトサラダ、なすの味噌いため、ごぼうの天ぷら、どれも酒が進みそうだが一番人気をとったのが、ちくわの中にキュウリを入れたものだった。

ちくわの空洞の中にキュウリを入れることを考えた人は、なんと発想の転換力があるのだろうか。ごぼうを入れてあるものもあったな、と考えにふけっていたが、ふと見るとお皿を並べている男の人に目が釘付けになった。

七央さんだ！

マッサージを受けるときはドアを開ける時にちらっとしか顔を見ないし、見る必要もないので彼の顔の全体像はわからないが、まぎれもなく皿を運んできたのは七央さんだった。

さくらは慌てた。

なんで慌てるのか自分でもわからない。

いや、化粧もしてないし……。

それにジーンズの上は昨日舞からもらった絶滅危惧種のチンパンジーのTシャツを着ているし……。

アフリカで食用を目的とした狩猟や、森林開発などの影響でチンパンジーの個体数が減少していると教えてくれ、さくらと千夏にTシャツをくれたのだ。

すっぴんでも、チンパンジーでもいいじゃないか。何をためらう必要があるのか？

七央さん、こんにちは。わたし、柊木です、となぜ名乗らないんだ！

さくらはマッサージを受けるときは化粧を落とし、髪だってシャンプーするだけで、ブローもしていない。しかもお気に入りのもこもこのパジャマを着ているのに、いまさら何が恥ずかしいんだろう。

けれど、それは2811号のあのシチュエーションだから許されることなのだ。いや待って、それよりも真っ昼間、お天道様の下で再会するのはリアルすぎる！

さくらは仕事一筋、毎晩残業の日々だった。土日返上も当たり前。生活リズムに変化はなく、7年もルーティンをこなすだけの日々だった。仕事以外で現実にアクシデントがあるのに慣れていない。

すかさず帰ろうとした時、七央さんはこちらになす味噌とポテトサラダを持ってやってきた。

「これ、どうぞ。枡酒飲みます？」

さくらに気づかない！

さくらは、サングラスを外さなくてよかったと思い、キャップを深くかぶりなおすと、少し声色を変えて言った。

「おすすめは？」

短めに訊いた。

「ぼく、下戸だからわからないけど、真ん中の樽のこれ、新潟の越後鶴亀とかどうですか？」

七央さんは下戸なのか……。

「じゃ、それで」

さくらがすかさず答えると、おじさんが聞きつけてやってきた。

「こいつ、料理は上手なんだけどね、酒はさっぱりだめなのよ」

さくらは、料理をしたことがない。レンチンご飯で十分満足するタイプだ。

「なす味噌に合わせるなら、越後鶴亀もいいけど、山形のくどき上手にしたらどうだい。辛口でキレがいい。枡酒デビューしたんだから、これからは食べものと相性がいいものも試してみなよ」

「くどき上手……？　じゃそれで」

さくらは冗談みたいな酒の名前に吹き出しそうになった。

七央さんはマッサージ師のときは白い制服を着て、髪をポマードで固め、黒縁の眼鏡をかけている。

目の前の七央さんは、ラフなシャツに髪はサラサラツヤツヤ、眼鏡なし。おめめぱっちり。げっ、まつ毛もさくらより長い。それになんだか少し憂いを帯びた顔をして、まるで別人のようだ。

マッサージ師のときは、逆にコスプレしているのか？

七央さんに気づかれずによかったと胸をなで下ろし、なす味噌を急いで食べた。う、うまい。きっと、味噌も酒蔵のお手製を使用しているのだろう。ほんのり甘くて、なすの皮も柔らかくて食べやすい。

料理上手はこれからの男にとって最大の武器になる。さくらはもし、もしも、男と暮らすなら料理ができることを第一条件とする。

さくらは、くどき上手を口からお迎えにいった。

「くー、辛口で甘辛味噌と合うわー」

つい地の声が出てしまった。

七央さんは、すでにのれんの奥に入っていたので安堵した。

「合うだろ、辛口」

「はい、喉にすべりこませるとなんともさわやか」

「こりゃいける口だね、お客さんは」

「わたし、ビールしか飲めないと思ってたけど、お酒は水みたいに飲める」

「ははは、水みたいとはよく言ったもんだな。確かにいい日本酒は水みたいに身体に溶け込んでいくよ。だから、つい飲みすぎるんだよな。酒は水が命だろ、いい水は素直で透明感があって、そのくせ存在感を示す。水色って言うだろう、新鮮な水は限りなく青に近いんだよ」

おじさんは、そう言って観光客に酒のお代わりを持っていった。

ん、青い？

「青い」という言葉が、さくらの琴線に触れた。

柊木さくらは、青いんだよ、そう陰で言われたことを思い出した。

――いい酒といい女は思いっきり、青いんだよぉ！――

と、ひとりごちた。


帰り道、ふらふらと商店街を歩いていると、ふいに東京タワーが高層ビルの間から姿を現した。

思いがけない場所から突然に顔を出すタワーを眺めるのは学生の頃に戻ったようで気分が上がる。

さくらは、ふと学生の頃に住んでいたマンションを訪ねてみたくなった。ここからは５分ほど歩いたところだ。

家賃が相場より安かったので即決したのはよかったが、下がそばやの製麺場だった。朝早くからスッタン、スッタン、と機械の音が聞こえてうるさかった。商店街のなかばには黄色い看板のビデオ屋があったのだが、そこは大手のドラッグストアになっていた。左に曲がり、次の電信柱を右折すると昔と変わらない茶色のレンガの建物が見えてきた。４階建ての小さなマンション。中央玄関の分厚いガラス扉は今でも変わっていなかった。

ワンルームでお風呂場も狭かったけれど、小さな窓を開けると湯煙が細く外へ流れていくさまと、湯船の中で夏蜜柑を食べ浴室がすっぱい匂いになった記憶が蘇る。

今はそばやの製麺機の音は聞こえず、その場所は貸し倉庫になっていた。通りから1本入った住宅街は静かで、その町の匂いみたいなものがそのままそこにあった。自分の過去を遠くから眺めるように、それ以上さくらは建物に近づかなかった。過去を盗み見に来たさくらは、未来への行く先もわからず、乗り継ぎ駅に佇む旅人のように、ほろ酔い気分でしばらく立ちすくんでいた。


ホテルの部屋に帰り荷物の整理をしようかと思いながらもベッドに寝転んだ。

パノラマに広がる窓から見える夏特有のきっぱりとした青空と、それに挑むように天に伸びるタワーの姿が勇ましかった。

これからどうしよう。

口に出して言ってみた。

貯金通帳をカバンから取りだし残高をながめた。7年間働いた軌跡は通帳の上の数字だけだ。

いろんな人たちと出会い、普段会えないような有名人と接することができたのも会社のおかげだ。でも、自分は7年間勤めてお客様に喜ばれるようなことをしたかな、とぼんやり考えた。

今でも印象に残っているのは、アイドルの女の子と３日間ＣＭ撮りで青山のスタジオで仕事をした時のことだ。同じ世代だったから話をしやすかったのか、その子とは休憩が入るとおしゃべりをした。

さくらはタレントだからといって特別に気もつかわなかったし、その子も等身大の女の子としてさくらと話をした。

ラストの日、その子は家に来て一緒にラーメンを食べてほしい、とさくらに言った。表情は暗く疲れ切っていた。さくらもその頃会社での自分の立ち位置が使い走りばかりで、丁寧に作り上げた資料や起案書は一瞥されるだけで採用されない日々が続いていた。彼女の訳ありでふつふつした感情がさくらに伝わった。

彼女の自宅は恵比寿にあるきれいな２ＤＫのマンションだった。アイドルの部屋というより、飾り気のないシックな部屋だった。

忙しさにかまけずキッチンも寝室もきれいに片付けられていた。さくらは自分の散らかり放題の部屋が頭に浮かび苦笑いした。

彼女はインスタントラーメンを作ってくれた。

この2袋でこのラーメンがなくなるのよ、と淋しげな表情をした。

これ食べたら◯◯君のことは忘れる。アイドルタレントではなく、自分が目指していたものはミュージカル女優で、ニューヨークの演劇学校に留学すると話した。彼とは同棲していたけれど別れる決断を選んだ、と言って湯気の立つラーメンをすすった。

◯◯くんって、アイドルグループの◯◯くん？ってミーハー根性丸出しで訊くと、そうだよ、とあっさりと答えた。

毎日深夜にこのラーメンを二人で食べていたの。これで彼の記憶が消せる。彼女はなにごともなかったように一気にラーメンを食べだしたので、さくらもその勢いに合わせて食べるのが彼女の信頼に応えることだとばかりに、二人で黙々とラーメンをすすった。

食べ終わると、さくらの眼鏡は曇り、二人は鼻を拭きながら笑いあった。湯気と二人の何かわからない、どこへもぶつけようもない怒りや、焦りや、寂しさなどが発光して混ざり合い、部屋の温度が上がったような気がした。

ウーロン茶を飲みながら、漫画や、好きな映画や音楽の話をした。

帰り際に玄関まで送ってくれた彼女は、さくらを抱きしめてちょっとだけ泣かせて、と言った。

さくらはしっかりと彼女を抱きしめた。

さくらもちょっとだけ泣いた。二人ともう会うことはないんだろうな、とわかっていた。

さくらは、その子の顔をまどろみながら思い出し、あの日のことが7年間のうちで少し心が通いあったできごとだったなと思いベッドから起き上がった。

バルコニーに出て、ぼんやり遠くに見えるスカイツリーを眺めた。

時計を見ると2時過ぎだ。スーツケースをクローゼットから運びベッドの上にのせた。洋服をチェストから出したたんだ。送別会で着ていたスーツがハンガーにかかり、こちらを見ている。もう着ることはないのだろうな。さくらはスーツにご苦労様でした、とつぶやいた。

――もう1日、延泊しようかなー――

帰りたくない。というか、どこに帰ればいいのだろう。

退職金と貯金を使い果たせば、無理にでも次の仕事を考える気持ちになるのかとも思いながら、でも次のステージはどこだかわからない。時計を見ればもうすぐチェックアウトの時間だ。

なんだか釈然としない気持ちがあふれてきた。さくらは目を閉じ感慨にふけると帰りたくない理由を掘り下げた。その根源を突き詰める癖がどうしても抜けない。会社に便利だと借りたマンションが頭の映像に映し出された。

そこに帰りさくらは……ん？　想像がつかない。

再び瞑想に入る。

実家に帰る……冗談やめて。

するとひょいと、枡酒を飲むさくらが観光客相手に話をしている画が浮かんだ。

酒のあてを説明しながら……ん！　ありえる。

そこにはなぜか七央さんのさわやかな顔が出てきて自分でも驚き、急いで打ち消した。

さくらはまたこの街から始めてみようかなと思った。

今度はどんな自分になりたいのか今はわからないけれど、なりたい自分になるため、の前に、毎日が楽しいと思える自分の心と身体を取り戻したいと思うのだった。

エピソード1　アルプス

七央は、汽車の窓から飛んでいく山々やあぜ道、田んぼの中でポツンと立つ祠、広い門構えの農家などをぼんやりと眺めている。

林に立つ小ぶりの樹々を見れば、すずこがその枝に座っている姿が目に浮かび、心が痛む。すずこが家出をした当日はご飯も食べず夜通し探し回り、皇居や明治神宮あたりまで確認に行った。

すずこは生きているのか死んでいるのか、考えただけでもぞっとして、それを振り払うように駅弁を取り出した。

その名もアルプス道づれおむすび弁当。紐をほどき薄紙を取る。竹かごに入ったおむすびの海苔の香りがすでに車内に漂っている。長野名物、山賊焼きのニンニクの匂いがなぜか旅情をかき立てる。おむすびの野沢菜は銀シャリの中にぎっしりと詰まり、その横にはかわいい卵焼きが寄り添っている。

鮭はほのかにオレンジ色で……、すずこの好きな鮭である。

風が吹いてもすずこ、月を見てもすずこ。七央はシスタークララに言われたとおりサードオニキスの指輪を持ってきた。

シスタークララの星占いでは七央は今逆行のときである。

そんな状況だからすずこを失ったのかもしれない。山賊焼きを一口頬張りため息をついた。そういえば七央は子供の頃から鍵をよくなくしていた。自転車の鍵、家の鍵、机の引き出しの鍵。それらは必ず出てくるものもあったが、失ったままのほうが多かった。スペアキーは作れるが、すずこの代わりはいないのだ。

シスタークララは、月が次の星座に移動する空洞の時間帯、それはすなわち無の時間、ボイドタイムでもあるので自分の内なるものと向き合うようにと言った。

七央は内なるものに気持ちを向け、静かに目を閉じた。

闇の中にもみの木がある。その下には子ネコのすずちゃんがいた。こちらを見て七央に助けを求め鳴いている。すずこは白い毛が汚れ、それでも我が家を目指し気丈にも闊歩している。路地裏を抜け、雨に打たれながら、時に外ネコに威嚇されながら歩いている。やせ細り、お腹を空かし、それでもごみ箱をあさるなどという行為は彼女のプライドが許さない。家に帰りたいのに歩けば歩くほど自分がマーキングした場所から遠ざかり、七央やポンちゃんたちが待つ家に帰りたくて途方にくれている姿が浮かび上がってきた。

「次は湯田中〜終点で〜す」

りをした。

アナウンスの声で七央は我に返り、ダークな思いを打ち消し急いで山賊焼きを食べ荷造

駅に着くと、おじさんの鉄一郎が迎えに来ていた。

「よっ、七央。久しぶりだな」

おじさんは祖母の弟である。

都会が性分に合わないらしく、若い頃からふるさとを離れ山登りを楽しみ、浮世離れした生活を送っていた。

渋温泉郷で愉快倶楽部という射的の店を経営している。縁あって志賀高原で巡りあった射的屋のひとり娘と結婚し、それ以来この地を出たことがない。今でも夫婦で秘境の地にある山々を制覇している。

そのせいかおじさんは足腰が強く、学生時代からカワサキＫＬＸ２５０、４ストロークエンジンを搭載したバイクに乗っているのである。

「おじさん、嘘でしょ。まだこれに乗っているの！」

七央は目の前にある古ぼけたバイクを見た。

「手入れしているからコンディションはバッチリさ」

鉄一郎おじさんは愛しげにバイクを眺める。この人は何歳だったっけ？と彼に会うたびに考えてしまう。

「まさか、これで美枝さんとこまで行く気じゃないよね」

「行く気だよ」

おじさんは、ヘルメットとサングラスを七央に渡しポケットからスマホを出した。

「おう、かっちゃんか。今七央が着いたからそっちへ向かうよ。え？　バイクで行くにきまってるだろ。うん、うん、エゾシカが下りてきてるのか。食べ物がないのだろうな。わかった。それじゃ、下の駐車場まで軽トラで行くよ」

おじさんはスマホをポケットにしまった。

「エゾシカが出たの？」

「ああ、そうらしい。今年に入ってから初めてだな。突然目の前に飛び出してくる可能性もあるから、バイクだと危険だ」

おじさんは、バイクに乗った。七央もヘルメットをかぶり、２ケツで愉快屋まで飛ばした。

1年に1度か2度、この場所に帰りたくなる。田舎のない都会暮らしの七央は、この場所こそが自分のふるさとだと思っている。

ここへは、すずこは連れてはこられないが、この町の商店街には昼寝を楽しんでいるネコたちがいる。家ネコでもなし、外ネコでもなし、好きに内と外を出入りしているネコたちはあまりにも自然で、七央にとっては、捕獲機を使って保護する必要がない。都会のネコたちとはかけ離れた優雅な生活をしている。

七央はネコ貯金を始めて10年になる。目標額が貯まるまで働き、都会のど真ん中を離れ将来はネコのために一軒家を建てるつもりでいるのだ。あと10年働き、貯金が目標額になればネコたちと暮らせる。どれだけの保護ネコを引き取れるかわからないが、保健所では１日に犬猫合わせて１００匹も殺処分している現実を自分なりになんとか食い止めたいと考えているのだ。

10年先にはすずこはこの世にはいないのだ。だからこそすずことの時間を大切にしたかった。ネコには時間の感覚があるのだろうか。あと何年生きるのかなんて考えることはなく、毎日が散歩とグルーミングとエサを食べること、時折気が向けば人間と遊ぶ、それがすべてなのだ。なんてシンプルな人生なのだろうか。

ゴロンと幸せそうに寝ている温泉街のネコたちを見ていると、ますますすずこへの気持ちがあふれ出すのだった。

店に着くと、おじさんは車庫にバイクを入れて店の中に入り、

「射的するか？」

と七央に訊いた。

「ああ、やるよ」

七央は壁に立てかけられているライフルを物色する。

引き金を引いてみた。だめだ。ばねが弱い。次の銃を手にした。些細なことの点検が仕留める成功率を上げる。

「はい、玉50発」

コルク玉を手渡された。

玉を詰めライフルを構えた。スタンディングの構えは、足腰の筋肉だけで支える安定した姿勢だ。足を肩幅に開き標的に対してまっすぐに身体の向きを変えた。息を整え左から右へ一気に玉を放った。棚に並べてあるだるまやウサギはびくともしなかった。

「あいかわらずの成績だね」

おじさんがしかめっ面をした。

七央は、ライフルを置き頭をかいた。

「よし、軽トラで行くぞ」

道端に出ると、石畳の上に太陽が照りつけ、三毛ネコが栗の木の木陰に避難していた。

「おじさん、すずこがいなくなったんだよ」

七央は、がっくりと肩を落とした。

「ああ、聞いてるよ」

店の隣にある小屋に入り、見慣れた軽トラに乗り込んだ。

「おじさんも昔、山で保護したネコと暮らしていたけど、いなくなったんだよね」

おじさんはエンジンを勢いよくかけた。

大きな音に七央はびっくりし、シートベルトを締めた。

「かっちゃんとシイタケ取りに山に登った時、川で水を飲んでいたんだ。俺たちに気づくと敵意をむき出しにして威嚇してきた。子ネコなのに迫力があったな。ヒルが身体中について いたからそれを取ってやりたくて家に連れて帰ったんだ」

軽トラは、険しくなる山道を勇ましい音を立てて上っていく。杉の木が両脇の山の斜面にびっしりと並んでいる。

「あの子はヤマネコの血筋だから家で飼うのは難しいんだ。野生で育ったネコはどんなに過酷でも元の場所に帰る。ヒルを取ろうとしたが自分の身体を触らせなかった。エサも食べない。人間なんてはなから信じちゃいない。窓から山を見ては悲しそうに鳴いていただけ。だからしかたなく窓を開けると急いで外に飛び出していったよ」

七央は、すずこの真っ白な毛並みを思い出す。

「すずこはどんな性格なんだろう」

急斜面はますます道路幅が狭くなり、すれ違う車との距離感に冷や汗をかいてしまう。

「すずちゃんは大丈夫」

おじさんは温泉に集まる野良ネコたちや捨てネコの問題に長年関わってきた。愉快屋に婿入りしてからは長野大学で動物行動学を学んだ。

「すずは白ネコだ。白というのはただでさえ目立つ色で、外敵に狙われやすい。だから常に自分の身を案じている。すずこは生き延びていくための知恵が遺伝子に組み込まれているから心配するな」

「それならいいけど。元気にしてくれてさえいれば」

林道は細くなり、杉の木立が車の窓に迫り、最後の急カーブを大きく曲がると途端に道が開け、左手に駐車場が見えてきた。

このだだっ広い駐車場まで来ると宿に着くまでもう一息だ。半月ほど後楽館で宿泊し、志賀公園の山々に思いをはせながら地獄谷野猿公苑のサルたちを写真に収めたり、きのこ料理を食べて温泉に入り頭や身体を侵食している都会のストレスをこの地獄谷温泉でさっぱりと洗い流していた。

けれど今回の訪れは、目的があるのだ。それにしても、と七央は考える。

占いには優しさがある、と。

すずこがいなくなったのは、自分の責任なのではないかと考え、すずこが事故に遭ったり行き倒れになっていないかと思うと心がつぶれそうだった。

七央は占いに全く興味などなかった。占いのサイトも本も見たことはない。けれどすずこがいなくなり、どんな些細なことでもいいのですずこの手がかりが欲しかった。藁をもつかむ思いでシスタークララのもとへ行ったのだ。そして占いに対して考えが変わった。

占いが当たる、当たらない、なんて問題にすべきではないのではないだろうか。

占いは人を責めない。

宇宙や惑星や月、星、すべてその瞬間の天体のストーリーにおいて、なすべき行動を示唆してくれるのだ。七央は宇宙の流れの一つと結びついて、いいことも悪いことも人生にはあるのだ、と考えるようになった。

自分を責め、心配のあまり食事も喉を通らない毎日。胃薬が欠かせない生活。そんな精神状態では、確かにシスターが言うように目が曇り冷静な判断力がなくなってしまう。

すずこの無事を願い、そして自分自身を責めるのはやめようと、七央はどこまでも身体に入り込むさわやかな空気を吸い込みながら、少し気持ちを緩めた。

軽トラはここまでしか上れない。ここから先は10分ほど歩くのだ。この地点でも標高は高いが、さらにここから上を目指す。

シスタークララの仰せのとおり、できるだけ空気がきれいで、清流があり、天空に近いところはこの場所だ。

「こんちは、七央さん」

駐車場のおじさんが帽子を脱いで挨拶してくれた。

「エゾシカが下りてきてるから鈴を腰にぶら下げてね」

久しぶりに会う駐車場のおじさんは、七央がよちよち歩きの頃からここにいる。

「こんにちは、わかりました」

窓からチロリアンリボンのついた大きな鈴を受け取った。

野生の動物たちは、無駄な争いを避ける。威嚇しあい、お互いの出方を見て、そこからどちらかが立ち去るのを選ぶのだ。争いになるとまちがいなく命を落とす。動物たちは無駄な殺生をしないのだ。

軽トラを停めて、バックパックを背負った。腰に鈴をつけ手袋をはめた。

「さあ、行くか」

おじさんも泊まるつもりなのか見慣れたリュックサックを背負っている。

横湯川の流れの音を聞きながら砂利道を歩いていく。ここが頂上でないのが不思議だ。静けさに下界との遮断を感じるのだが、さらにここから急斜面を上がっていくのだ。手作りの階段は山肌に不揃いの高低差で土に足場を作ってある。一段一段踏みしめながら登っていくと、草むらの中から音がした。

「七央、ストップ」

おじさんのほうを振り向くと、

「しーっ」

と口に人差し指を当てている。

茂みはかさかさと葉が揺れ、黒ヘビが出てきた。

七央はヘビとはよく遭遇するが、苦手だ。

「カラスヘビだな」

おじさんが教えてくれた。

ヘビは静かに七央の前を通り抜け林の中に入っていった。ここ地獄谷では動物ファーストなのだ。

「おじさん、ヘビにも目的地があるのかね」

動物学を勉強したおじさんに訊くと、

「ヘビだって用事はあるさ」

と笑って答えた。

急な階段を上がると広い道に出た。後ろを振り向くと、はるか彼方に家々が見える。ここは下界から離れた静謐な場所だ。ときおり野性動物の荒々しい匂いが風に運ばれ鼻を突く。渓谷の先に目を凝らすと、源流の奥は霧に煙り神々しいばかりだ。

左手の斜面には山から生まれ出たような老舗旅館後楽館がある。まるで太古の時代から山のシンボルとしてそこにあるようだ。

玄関には、老犬ゴールデンレトリバーのミッキーがいるはずだ。

七央はおじさんを追い越して玄関に走った。

いつもなら七央の姿を見ると駆けてくるのに、ミッキーはいなかった。

「こんにちはー。七央です」

声をかけたが誰も出てこない。

おじさんが後ろから、

「こんちはー、上がるよ」

と言って、中に入った。

「いらっしゃい」

階段の上から、若おかみの美枝さんが下りてきた。

「七央さん、久しぶり」

美枝さんは頭に赤いバンダナを巻き、自分で染めた作務衣を着ている。

「こんにちは。お世話になります」

「いつもの部屋にしてあるわよ」

美枝さんは言った。

「ありがとう。ところでミッキーは?」

「表にいないなら散歩かな。よたよたとしか歩けないんだけど、それでも必ずそのへんを歩き回っているのよ」

「心臓に負担がかからないかな? この前ミッキーと遊んでいた時に突然失神したから心配だな」

七央は前回訪れた日のことを思い出した。

「どうしても息が上がると倒れるのよ。こちらは死ぬほど心配してるのに、ミッキーは、その都度息を吹き返してけろっとしてまた遊びに出かけるんだから。そのへんを歩いてるだけだろうから心配しないで」

「安静にさせておいたほうがいいんじゃないの」

七央はつい口を出してしまった。

「そうね、そうかもしれない。でもそれはミッキーが決めることだから。歩けるうちはミッキーが望むことをやればいいと思うの」

「そうか……。わかった。ミッキーは走ることが何よりも好きだからね」

七央は、すずこが最期を迎えるとき、美枝さんのように深い気持ちですずこと接することができるか自信がない。

「たぶん野猿公苑の小池くんに遊んでもらってるんじゃないかな」

ミッキーの顔を見たかったが、七央はまずは自分を清めることにした。

地獄谷の名のとおり温泉の温度は高い。加水して湯加減を調節することはできるが、七央は吹きあがる源泉の恵みを身体に染み込ませたかった。

「鉄さんも泊まっていくの？」

美枝さんが、大きなリュックサックを担いでいるおじさんに訊いた。

「もちろんだよ。久しぶりに七央が来たんだから」

おじさんは七央に確認を求める表情をしたが、後楽館のかっちゃんと飲むのを楽しみにしているのだ。

大きなリュックサックには、一升瓶が入っているのがバレバレである。

「いらっしゃいませ」

おばあさんが台所ののれんから顔を出した。

鉄一郎おじさんの顔が明るくなった。ここの大おかみは、おじさんの初恋の人であるのだ。今でもおじさんは、品のいいおばあさんを見ると照れるのだ。

「七央さん、よくお越しくださいましたね。先ほど鉄香さんとお話ししたばかりでした」

大おかみと七央の祖母鉄香は長年の友である。

「ばあちゃんから電話があったんですか?」

「はい、ございました。無事に着いたか心配のご様子でしたよ」

「はあ、それはどうも」

七央の落ち込みはまわりの家族から見ても目も当てられないほどだった。母の鉄子は、首輪のことで七央に詫びを入れてきた。それなのに七央は返事も返さず部屋でしょんぼりしていた。その様子を見てさすがに心配したのか、祖母の鉄香がシスタークララを紹介してくれたのだった。

仕事も長期で休みをとった。七央はマッサージ師に誇りを持っていて天職だとも思っている。それだからこそ自分自身の精神が整ってない場合は、お客様の身体に触れてはいけないと考えているのだ。

それでなくても七央を指名してくださるお客様は長年のお付き合いで、その方の健康管理の担い手をさせていただいているという自負がある。自分の乱れたエーテルがお客様に以心伝心してはならないのだ。

無事にすずこが戻り、その感謝の気持ちを胸に抱き、自分のオステオパシーメソッドにさらに磨きをかけ、お客様の心と身体に寄り添いたいのだ。それまでは仕事をするつもりはないのだった。

七央は、この地でサードオニキスを浄化し月に祈り、星を仰ぎ、清らかに流れる川の流れに静かに願いをかけたい。

シスタークララが言ったではないか。物事を始めるときには静かな時間が大切であると。

しかし、目の前に静寂を破る男がいる。

「おじさん、まさか部屋が一緒とか言わないでよ」

七央は恐る恐る尋ねた。

「久しぶりに七央のオステなんとかを受けたいよ。一つの部屋でいいじゃないか」

七央が困った顔をすると美枝さんは大声で笑った。

「鉄さんは、どうせ主人と飲むんだから他の部屋にするべきよ。一升瓶早く出したら」

おじさんは頭をかいて、リュックサックから酒を出した。

「はい、お預けいたします」

頭を下げた。

「かっちゃんは、噴泉掃除かい？」

「そうよ」

「よし、俺も行ってくるか」

「鉄さん、やけどしないように離れたところから見物するのよ」

「わかってるよ」

おじさんは嬉しそうに外に出かけた。

「七央さん、後でお茶持っていくわ」

「お願いします」

明治45年から使い続けている飴色に光る階段を上がり部屋に入った。

窓の向こうから志賀高原から流れ出る横湯川の音が聞こえる。切り立つ崖の間を川は縫うように流れ、その中で絶え間なく熱湯を吹き上げている源泉の噴泉の湯煙が空高く立ち上っている。

窓を開けさらに奥深くそびえる山を見上げていたら、遠くから手を振るかっちゃんの姿があった。おじさんは橋を渡り、階段を下りているところだ。七央も手を振り返した。噴泉の詰まりを掃除しているかっちゃんは熱湯を浴びながらも噴泉のパイプの中に竿を突き刺している。

視線を伸ばすと地獄谷野猿公苑には山から下りてきた数匹のサルがいた。

母子サルは公苑の中にある温泉に来ると手を入れ温度を見ている。かわいいしぐさに七央の頬は緩む。子ザルを胸に抱くとそろりそろりと足を入れ温泉に浸かった。

地獄谷温泉はサルが温泉に入る場所としてタイム誌に掲載された。スノーモンキーとして紹介され、雪の中で気持ちよさげに目をつぶり温泉に浸かる写真が載ると、世界中から学者や観光客が訪れるようになったのだった。

第3幕

シスタークララの占い
——千夏の場合——

千夏は、さくらがあっけなくグラス3杯で潰れてしまったのには驚いた。元気そうに振る舞ってはいたが、ひと目で神経がすり減っているのがわかった。食が細くなったとは聞いていたが、あそこまで体重が落ちているとは思わなかった。

何が原因で退職したのかわからないが、さくらの決断は学生の頃からゆるぎないものがあるので、千夏も舞もそこには触れず7年間の勤めをねぎらうことにした。

決めたことに突き進み、目標に向かって人一倍努力するさくらの熱量は千夏にはないものので、さくらのそばにいるとその熱が千夏に点火し励みになっていた。さくらは好きな仕事にやりがいを感じ毎日を過ごしていると思っていた。

千夏は世の中の組織には属したことはない。社会には千夏が想像もつかないような仕組みが蜘蛛の糸のように張り巡らされていて動けなくなってしまったのだろうか。

さくらや舞が果敢に世の中に飛び出す姿を見ながら、千夏はひたすら漫画を描いていた。出張編集部に出かけ作品を持ち込み、編集者から名刺を貰うこともあった。年々出張編集部への持ち込み者は増え、まわりを見れば10代の若者たちであふれている。漫画は日本が誇る文化であり、経済効果も高く、現代における日本の漫画は世界中に認められている。

昔とは違い親も我が子を応援している。小学生から漫画家を目指して頑張っている子供たちも大勢いるのだ。

千夏には若者たちの描くものが新鮮に見える。自分の10代の頃の作品を見ると、線は荒いがキャラクターたちに躍動感がある。それに対して今の千夏の画にはテクニックばかりが目立ち、自分でも描く線が老けたなと感じている。そんな気持ちを持ちながら漫画投稿サイトに作品をアップすることで、かろうじて千夏の自尊心は保たれている。

最初は読者のレビューに一喜一憂していたが、今ではそれさえ気にならなくなった。一度編集者の目に留まり連絡を受けたが、プロとして世の中に自分の作品をさらけ出すのにおじけづき、やんわりと言葉を濁すと、やる気のない人間には用はないのだろう、そのまま立ち消えになった。プロやアマチュアの書き手の膨大な作品がネット上に渦を巻いている。次から次へと読者はそれらを読み捨てる。自分の作品は少しでも読者の記憶に残るのだろうか。

鳴かず飛ばずの中途半端な自分に焦りを感じていた時、追い打ちをかけるように母が急死した。母の残されたデッサンを見ながら、千夏は漫画家を目指していく情熱がしぼんでいくのを無感情のまま受けとめている自分を、他人事のように見つめていた。

最近は漫研の仲間も一人、二人と、現実の社会に戻っていく者が多い。

17歳から57歳まで漫画を描き続けている先輩もいる。彼には守らなければいけない家族や動物がいて、彼のように責任ある何かがある者たちは、明日の収入の当てがない仕事にストレスを抱えている。それを抱きながら続けていくには厳しい世界である。

千夏は守るべきものが何もない。母が死んで一人で生きていくだけだ。結婚して子供がいる友人もいるが、千夏は子供を産むのが怖くてたまらない。自分の身体から別の生命体が出てくるなんてSFの世界である。死ぬほど痛い、いや、それより痛いのよ、などと訳のわからない出産経験を語る友の感想を聞くたびに震え上がる。

子供を欲しいと思う気持ちはどこからくるのだろう。愛する人の子だから死ぬ思いまでして産みたいのか。それとも自分の分身を見たいのか？　カプセルトイの景品のように、この世に出てカプセルの蓋を開けなければ自分の資質や特性がわからない。

母は何を求めてわたしを産んだのだろうか。短い母の人生に子として応えてあげることができたのだろうか。

漫研の先輩のように責任を負うものがない千夏は、人生を自由に選び取れる気楽さはあるが、一人で歩いていくには寂しすぎる。さくらや舞は頼りになる親友であり、家族に等しいものを感じている大切な人たちだ。これからも二人を身近に感じていたいと思う。けれど、それとは別に千夏には漫画を描くことが人生の中心にあったはずだ。生涯描き続けていくことが生きがいだったはずだ。それが今はペンを執ることさえ怖い。描けないのだ。もう1年ほどキャラクターたちは静止したままだ。

ペンネームはキアラ。もう一人の自分。キアラは今、枯れていこうとしている。キアラが描きたい線や構図や色や光はどこにあるのだろう。ほんとに自分が目指したいものは漫画家になることだったのだろうか。

迷いはそのまま線に映し出され、生気の感じられないキャラクターたちがゾンビのように徘徊しているように見える。まわりを見渡せば才能ある漫画家が無数にいて、業界はその頂点の漫画家で回っているように感じる。描けば描くほど千夏は打ちのめされる。ダスト。ペンネームをダストに変更しようかと自分を笑う。

美術館のキュレーターに合格した時、漫研の先輩はこちらの世界は実力があって当たり前、そこから抜きん出るものがないとやっていける業界じゃない。キュレーターで絵画を学んでこいよ、と強くすすめてくれた。

けれど千夏は就職を選ばなかった。かけもちで漫画家アシスタントとしてトーン貼り、ベタ塗りをしていた。最近ではデビューをせずにプロとしてアシスタント業務に徹し事務所を立ち上げた先輩がいる。その潔さと己の道を軌道修正する先輩を見て、迷いばかりで何も選び取ることができない自分のふがいなさを思った。

さくらや舞と再会するたびに、あの頃に戻りもう一度やり直したいと思うが、それでも今に至る人生を歩いてきただろう。

酔いが回り、さくらは星城高校の校歌をソファの上に立って歌いだした。舞も歌いだし、千夏は二人の写真を撮った。

夢破れて山河ありー、とさくらが歌の途中で叫び、舞がそれを言うなら、国破れて山河ありー、だよと訂正され笑っていた。そんなさくらや舞を見ているとほほえましく、幸せな気持ちがした。そしてその後さくらは撃沈したのだった。

さくらが目を覚ますまで、舞とバルコニーに出て夕方から夜に溶けていく摩天楼のビル群を眺めていた。

「千夏、高いところだめだよね」

「うん、でもこんな景色は見れないから頑張ってる」

「やだ、そんなとこで頑張らなくていいから」

舞が呆れた顔をした。

「さくら、これからどうするのかね」

グラスの酒をあおり舞が言った。

「うん、まだ何も考えられないんじゃないかな。あれだけ広告代理店にあこがれを持って飛び込んだのに。きっと自分の実力が思うように発揮できなかったのかなぁ」

千夏は自分と照らし合わせて考えをめぐらした。

舞はグラスに酒をつぐと、さくらのベッドに向かった。しばらくすると二人の寝息が聞こえてきた。千夏は母が亡くなったことを報告しようか迷っていたが、今夜はさくらの退職祝いなので話すのはやめにした。

しばらくバルコニーから都会の夜景を眺めた。積み木のようにビル群が並び、ガラス窓は輝いていた。部屋に戻り二人のそばに行った。エクストラキングサイズのベッドに千夏も横になった。左肩に伝わるさくらの体温が温かい。

翌朝、ベッドから健やかな寝息が聞こえてきたので、腕時計を見ると９時だった。友人の隣で眠ることに安心したのか久しぶりに熟睡した。二人を起こさないようにグラスを洗い、洗面をして服に着替えた。さくらと舞の寝顔にサヨナラをして部屋を出た。

シースルーエレベーターは音もなく地上に舞い降りた。ロビー前はチェックアウトする人々で混み合っていた。千夏はガーデン側の扉へと進み外に出た。

目指すは東京タワーだ。

そこは子供の頃からのなじみの場所だ。母が休みになるとどこへ行きたいか、と尋ねる。そのたびに東京タワーだと答えると母に笑われていた。呆れながらも母は千夏を連れて行ってくれた。フットタウンにあるレストランで、タワーの高さ３３３ｍにちなんで、33・３㎝もある東京タワーパフェをメニューから選び食べていた。

千夏は子供の頃からものを選ぶのが苦手だった。

お誕生日のプレゼントを買いに母とデパートへ行っても、ツルツル・キラキラしたデパートの床が気になり目がチカチカした。

おもちゃ売り場では照明がぬいぐるみに当たり、ウサギやクマや、リスにライオンが妙にリアルに見えた。個体でならかわいいぬいぐるみも集団でいると圧を感じた。母は好きなものを選びなさいというが、全員のぬいぐるみの目が千夏をじとーっ、と見ているようで、とてもその中から一つを選ぶことはできなかった。

リアルなぬいぐるみの目が自分一人に注がれていて、ウサギがわたしを連れていって、カメがわたくしもどうぞ、ヘビがおいらも頼む、と訴えているように感じるのだ。他の子供たちはぬいぐるみを抱いて頬ずりしているのがうらやましかった。千夏は動物の目が苦手なのだ。

それは子供の頃の食体験に起因している。

母と九州の呼子《よぶこ》に行った。呼子はイカが名物である。千夏はイカの活きづくりというものを初めて目にした時、卒倒しそうになった。

まだ生きているいかは濡れ濡れとして静かに動いているのだった。活きづくりという名前からして嫌な予感がしたが、子供の千夏は出されるがままにそのイカの断末魔を見ながら、甘くて透明な刺身を食べたのだった。イカの目は案外大きいものだ。千夏はその目に紫蘇の葉をかぶせた。最後に出てきたイカの天ぷらのおいしさに驚き慄《おのの》いた。そればかりか、その翌日母の本命のシロウオの踊り食いを食べに出かけた。今の千夏を形成したのはその日だったといっても過言ではない。ボールに入れられた活きたシロウオは、シラスより少し大きめだ。シロウオはステンレスのボールの中で自由に動きまわっていた。飛び跳ねるようにぴちぴちと泳ぐ魚はかわいかった。

千夏はそれがまさか食べるものとは考えも及ばなかった。金魚すくいのようにそれをすくい、帰りにもたせてくれるものとばかり思っていた。すると母は、小さな網でシロウオを追いかけた。千夏も小さな手で網を使い金魚すくいのようにすくいあげた。逃げるシロウオを母より先に捕まえることができ母に自慢げに訊いた。これどこに入れるの？　すると母はちぃちゃんのお口の中よ、と言い放ち、目の前のポン酢に魚を入れするっと食べた。

噛んで食べてくださいい、とお店の人が言ったのにも千夏はただただびっくりした。恐るべき食べ方に我を見失い、千夏はポン酢につけ、ごくん、と飲んだ。

そこからが千夏の罪深き食生活の始まりだった。

母は、珍しい食べ物が好きなのだ。西に東に日本全国どこへでも行く。悲しいかな、千夏もその食癖に慣れ、母と全国を回った。

その頃には母が食べ物の本のライターだとわかった。食べ物の挿絵も母が描いていて、食べ物の特徴がデフォルメされた面白い画だった。あえて忠実に描いてない魚料理や肉が一言つぶやいている吹き出しも面白かった。母の机のまわりには奇妙な魚や鳥や、爬虫類が炒められたり、ボイルされた絵のデッサンが何枚もある。

千夏はどれだけ、全国の踊り食いや活きづくり、トカゲやヘビや、ヤモリの姿焼きや、アリのサラダなどを食してきたことだろうか。

タワーの坂を上りながら、ぐんぐんと迫る美しいフォルムの鉄塔を見上げながら感慨にふけった。タワーは何度見ても飽きない。見れば見るほど今初めて見たような気持ちになる。上層階を眺めると外階段を上る人たちの姿が蠢《うごめ》いている。人はなぜ上に上りたがるのか。

千夏の記憶はたちまち6年生の春に飛んだ。

課外授業で東京タワーに行った時のことだ。グループに分かれ、自由に館内を見て回りタワーの歴史や仕組み、役目などを学ぶものだった。千夏が、4人のチームで館内を回っていた時のことだった。千夏は建築の構造に興味を持った。タワーの骨組みが幾重にも重なり組まれていくさまが美しくて、千夏はデッサンをしながら眺めていた。すると班長の吉沢くんが早く切り上げてくれと言わんばかりに、時間のかけすぎだよ、と催促した。千夏はまだデッサンを描き終えていなかった。もう少し待ってと言うと、吉沢くんは自分の忠告を聞かない千夏に苛立ち、早くタワーの外階段を上りに行こうと、せかした。

千夏が、高いところは苦手なのでわたしは下で見ているね、と話すと吉沢くんはチームで上らないと意味がない、と言い張った。

加納さんはおとなしく控えめな女の子だった。もう一人の男子はガリ勉眼鏡の貝くんだった。二人は困った顔で黙っていたが、できないことを無理にやらせるのは千夏ちゃんがかわいそうだよ、と加納さんが小さな声で言った。

吉沢くんは、加納さんに片思いしているので、言い返すことができなかった。けれどその矛先が千夏に向いた。それならお前は一人で館内を回れと千夏をにらんだ。

そしてこともあろうに千夏が館内で集めたタワーのパンフレットを取り上げ、びりびりと破いた。千夏は目の前で起こったことが、あまりの衝撃で身体が固まってしまった。加納さんも貝くんも動きが止まっていた。しばらくすると千夏は怒りが湧き、それは沸点に達した。その時貝くんが、千夏ちゃんに謝れ、と吉沢くんの肩を押した。吉沢くんも加納さんも千夏も目がテンになり、しばしの沈黙が訪れた。

千夏が驚き貝くんの顔を見ると、眼鏡がライトで光り、眼鏡の奥の目が４つにダブって見えた。

ふと蘇ったのは、ぬいぐるみの目や、いかの目や、シロウオの目だった。千夏の心の中にあるパンドラの箱からそれらは勢いよく飛び出してきた。それは災いなのか希望なのかわからなかったけれど。

吉沢くんは、貝くんの勢いに押されていたが千夏に謝ることはしなかった。

２学期に入り席替えがあった。それ以来、４人は話をすることもなかった。それぞれが別の中学に進学しばらばらになった。

東京タワーに来ると不定愁訴ではないけれど身体と心の変化とは関係なく、やたらと子供時代のことを思いだし、そこにあった時間が影絵のように立ち上がる。パンドラの箱から最後は希望が出てきたように、千夏の最後の箱からは何がでてくるのだろう。

10代の半ばになると、いろんな感情が度を越して湧き上がる。それが膨れてパンクしたり、そのまま消えてしまったり、また湧き上がったり――。そんな感情に翻弄される自分を好きになんてなれなかった。何者かになりたくてなれなくて、でも画を描きたいことだけは変わらず、いろんなサイトに投稿して1年1年が過ぎていったあの焼けつくような不毛な日々。

自動的に大人と呼ばれるものに突入し、傲慢、強欲、嫉妬、憤怒、色欲、暴食、怠惰の7つの大罪にまみれながら人生を送っていくのだとやけに悲しくなったり、いきなりやる気スイッチが入ったり、メンタルもホルモンバランスもぐちゃぐちゃだった10代。

そんな気持ちで悶々と毎日をやり過ごしていた14歳の夏、7つの大罪がなくなった。新しい7つの大罪がローマ教皇庁から発表されたのだった。
①遺伝子改造、②人体実験、③環境汚染、④社会的不公正、⑤人を貧乏にさせること、⑥鼻持ちならないほど金持ちになること、⑦麻薬中毒。
千夏は「鼻持ちならないほど金持ちになること」に大爆笑してソファからずり落ちた。

あの頃、たわいない人の言葉や、世の中の出来事が細胞に突き刺さり、それを抜こうにも抜く手立てもわからず、ナイフが刺さったままでただただ、痛かった日々。

吉沢くんや、加納さん、そして千夏をかばってくれた貝くんもいろんなことが細胞に突き刺さりながら大人に突入したのだろうと同級生を懐かしく思ったのだった。

さくらや舞と高校生活を送っていた日々は、あっという間に過ぎた。二人の親友は信頼があり、さくらはいつも自分の目で見たことを自分の言葉で話し、舞はすでに世界の絶滅危惧種の保護活動に参加し将来のスケジュールを立てていた。千夏は漫画家を目指してはいたものの、漫画を読んだり絵を鑑賞するほうが好きだった。

タワーに入るとチケット売り場には列ができていた。誕生日に来塔すると大展望台までの料金が無料になる。千夏も誕生日の日にさくらと舞がタワーで祝ってくれた。誕生プレゼントに非売品のタワーオリジナルカードを貰った。

さくらと舞は１４５ｍのスリルを味わいたいとスカイウォークウィンドウに立ち、真下に見える車を見てははしゃいでいた。千夏も挑戦したかったが、スリリングなことは苦手だった。さくらと舞は、千夏は怖い場所には行きたがるのにね、とガラスの床から見える景色を見ただけで震えあがる千夏を見て不思議がっていた。

千夏は怖い場所でも、状況的に身体が恐怖を味わうのではなくて、霊的な交わりでスリリングなものを感じたいのだ。

さくらや舞の恐怖心は体感で味わうものなのだ。

とくに二人は絶叫マシンが好きだ。さくらの誕生日に三重県のナガシマスパーランドに行った。木材と鉄が組み合わさったコースターは、カーブになると車両が90度外を向くもので、下で見ていた千夏はさくらと舞の身体が右に左にぶん回されるのを絶句しながら見ていた。世界中から、このマシンに乗りに来る人がいるのも理解できなかった。

千夏は人間だけが危険なものに身を任せ楽しむ生き物だと考えた。野生の動物たちは生と死の狭間で生きているから、自ら危険なものには身をさらさないのだ、と満員のマシンから両手を上げて絶叫している人たちを見て思ったものだった。

東京タワーにもこのガラスの床に立つことを目当てに来ている人が多いと聞いた。次々にガラスの床に立った人々は何万人もいるのに、もしガラスが抜け落ちたらどうするのよ、とさくらと舞に応酬した。

帰りは、正面玄関入り口の横にあるクレープ屋に行くのがお決まりのコースだった。さくらはバナナキャラメルスペシャル、舞はチョコミントクレープ、さくらはチキンチリペッパーチーズにした。

さくらと舞に、千夏はいつでも食に対しては挑戦者だねえ、といつものように突っ込まれた。これも母親との生活習慣のせいだ。千夏は今でもおすすめのものよりも変わった取り合わせの食品をメニューから選ぶのだった。

大学の頃、漫画サークルで京都の伏見稲荷大社に行った。

それぞれ目当ての場所でデッサンをするのが目的だ。人気があるのは千本鳥居だった。

朱の鳥居が連なる坂道の階段は誰もが一度は上りたくなる場所だ。千夏はあまり人が描かないものを探して、参道にある秀吉が命名した茶店を選んだ。そこは子供の頃に母と訪れていた場所だ。行きかう人も描きながら古い茶店の看板を丁寧に描き、薄暗い店内に差し込む一筋の光を印象的に描いた。光と影、陰影を表現したかった。

集合時刻になり、帰りは何か食べていこうとみんなで話し合いながら歩いていた。とうふアイスクリーム、伏見だから清酒でしょ、などの意見が出た。その時参道の焼鳥屋から香ばしい匂いがした。千夏は、スズメとうずらの焼き鳥あります、という看板に目がいった。

みんなも興味を持ったらしく店に入り注文した。

スズメは丸焼きで出てきた。歓声が上がるなかでみんな恐る恐る食べていた。千夏は迷わずガブリ、と一口噛んだ。タレがたっぷりからめてあり、おいしー、とみんなの意見は一致したのだった。ウズラは売り切れだったのが残念だった。旅は一つ心残りのものがあったほうがいい、と悔しまぎれに母の言葉を思い出したのだった。

シスタークララに会いに来る日は、いろんなものが千夏の頭に浮かんでは消える。パンドラの箱からいくらでも懐かしい記憶があふれ出てくるのだ。

階段を下りると景色がひと色クリアになり空気が澄む。

売店に飾ってある東京タワーのクリスタルの模型がいちだんと透明に輝いて見えるほどだ。

シスタークララはいつものように姿勢を正し小さな机の前に座っていた。目の前の男性の話に耳を傾け、相談者の目を見据えていた。静かなたたずまいは、まわりの空気のけがれを浄化している。

千夏は階段の脇にあるベンチに腰掛け順番を待つことにした。

「あなたに心あたりはありますか」

「いいえ、ありません。何か不満があったわけではないと思います」

「それはあなたが感じていることですよね」

「はい、でもいつものように僕のベッドで眠りましたし、朝の食事だって、すずこは残さずきれいに食べていました。クロがポンちゃんに遊んでもらいたくてそばによるとポンちゃんが猫パンチをするものですから、すずこが心配そうに見ていました。それが僕が見た最後の姿でした」

シスタークララは黙っている。

「すずこは母親役で、子ネコたちの面倒を長年見てきました。クロが最年少なのですが卒乳し、すずこはひとりの時間を楽しむように外に出かけていたのですが、タワーの裏の駐車場にオスネコのジローが出入りするようになり」

「ジローというのは誰が命名したのですか？」

シスタークララは関心があることだけに反応を示す。

「僕です」

「名前の由来は？」

「由来？　ジローですか？」

「そうです。あなたが彼に名前を付けたのならば、彼の人生にあなたは責任を持たなければいけません。名前を付けるということは命を吹き込むことなのですよ」

「はい、すいません」

「由来は？　そしてジローさんとあなたが初めて出会った時、月は出ていましたか？」

「えーっと月は……覚えていません。名前の由来はなんとなく……です」

「月の記憶はないのですね」

「すみません」

男は頭を下げた。

「謝ることはありません。月を意識していなければそうなります。すずこさんは夜、外に出かけたのですね」

「はい。その日はいつものように縄張りの場所に向かっていました」

「確かめたのですね」

「はい、駐車場の壁にすずこのおしっこの残り香がほんのり残っていました。いつもなら1時間ほどで帰ってくるのですが、それっきりになってしまいました」

男はうなだれた。

「石は持ってきましたか？」

「はい、ばあちゃんの宝石箱を開けてもらい、その中で言われていたとおり目についたものを迷わず手に取りました」

男はポケットから包みを出した。

「ここへのせてください」

ベルベット製の小さなクッションに男は指輪を置いた。

「サードオニキス」

シスタークララは一目見て石の名前を言った。

「オニキス？　僕は黒しか見たことがなかった」

「お婆様は貴重なものをお持ちです」

「この赤い石が貴重なんですか？」

「赤いだけではありませんよ。よく見てごらんなさい。紅白の縞模様がついていています」

シスタークララは宝石と月で星占いをする。

それぞれの宝石が持つ結晶体は、人間のエーテル体に石を通してエネルギーを出すという自然原理にのっとったものだ。

シスタークララはクリスタルを手に持ち立ち上がり、男にも立つように命じた。シスターは男の身体を上から下まで観察しておもむろに言った。

「七央さん、あなたのエーテル体の腰の部分が赤くなっています」

シスタークララは、エーテリックサージェリーでもある。

「骨に炎症はありませんか？」

「はい、すずこを探すのに車の下や寺の軒下などを覗き込んだので、その時にギックリ腰とまではいきませんが腰を痛めました」

男はこれまで腰を痛めるようなことはおろか風邪ひとつひいたことがなかった。それがすずこのことでバランスが乱れ、今では心配で夜も眠れず頭痛と吐き気までする。

「悲しみが身体の中に入り込むと見事に細胞がむしばまれていきます。そしてその人の身体の一番弱い部分に炎症が表れてくるのです。いろんな打撃はまず腰が受け止めるのです」

シスタークララはしばし目を閉じた。

延々と静寂が続く……。さらに……続く。

男は自分の一番弱いところが腰だということを言い当てられ驚いた。ばあちゃんにすすめられて半信半疑できたものの、シスタークララの言うことを素直に聞く自分がいるのを感じた。

シスタークララは、長い黙想の後、静かに話しだした。

「あなたはミドル世代になりマッサージ師として経験を積み、オリジナルのメソッドも確立した。指名も多く、長年のお客様はあなたを信頼しています。ホテルに来られるお客様はあなたのオステオパシーで癒やされ回復なさいます。そうでしょ？」

シスタークララは、問いかけた。

「はあ、まあそうかもです」

男は遠慮がちにうなずいた。

「あのー、それがすずこの家出とどう関係するのですか？」

男の問いかけに答えはなく、さらに言葉は続く。

「あなたは、これまで仕事に打ち込んできました。日々努力もしていましたね。けれど最近はどうですか？　あなたは今、何に満足していますか？」

「はあ、すずこたちといる時です。子ネコたちに囲まれながら、ベッドに寝ていると一番幸せです。片時も離れたくないほどです」

男はその場面を思い出すように答えた。

「それがすずこに害を及ぼすのです！」

シスタークララは一喝した。

「な、なんでですか！」

男は椅子から立ち上がり声を荒げた。

「す、すいません」

男は謝り、肩を落として椅子に座った。

「あなたのチャクラが乱れました。セッション致します」

シスタークララは、またいつものように静かで優雅な雰囲気に戻った。

「七央さん、黙想に入ってください」

「はい」

男も冷静になり、素直に目を閉じた。

ビロードの上のサードオニキスにシスタークララが手を触れ、男にも同じようにすることを指示した。二人の手にサードオニキスの波動が伝わる。

「七央さんのエーテル体、アストラル体、メンタル体、これらのエネルギーは朔日《ついたち》、すなわち新月の夜に宇宙のエネルギー、プラーナを正常に身体に取り込むことができませんでした。朔《ついたち》になると万物は浄化され身も心も新しく生まれ変わります。しかし、あなたのエーテル体は生まれ変わることができませんでした。そのために、新しい気を取り込み生まれ変わったすずこさんに、あなたの浄化されないプラーナが影響を与えたのです。ネコは月の使者ともいわれ、とても神聖で繊細な生き物です。あなたが浄化されていない身体ですずこのそばにいると、彼女のエネルギーのベクトルが乱れを起こすのです。ですからおのずとネコは自分に害を与える者からは距離をとるのです」

シスターは厳《おごそ》かに言った。

「なんだか話が壮大過ぎてわかったような、わからないような気もしますが、それではすずこはもう帰ってこないということなのですか?」

涙声になった男はポケットからハンカチを取り出し涙をぬぐった。

「ネコは自らが帰るべき場所を知っています」

シスタークララは、再び目を閉じた。

静寂は保たれた。時折、男のむせび泣く声だけが聞こえ、時は流れていく……。

再びシスターの目が開く。

「七央さん、あなたはいま逆行のさなかにいるのです」

「逆行?」

「はい。水星があなたの蟹座で長いこと留まり、逆行しているのです」

「逆行するとどうなるのですか?」

「混乱の時期です」

「そんなぁ……」

男はため息をついた。

「七央さん、恐れることはありません。失われた時を取り戻せる、そして学びの時でもあります」

「えー、ほんとですか！」

「ほんとですか、とは何たるお言葉！」

「す、すいません」

男は平謝りしている。

「七央さん、あなたは今やり直しの時間、つまりターニングポイントの時でもあります。独立も考えているとしたら、さらなる熟考をなさることです。物事をお始めになるにはまずは静かな時間を必要といたします」

「静かな時間？」

「そうです。自分を取り戻せるところへ」

「自分を取り戻せる場所ですか……」

「次の新月、朔の日にできるだけ空気のきれいな場所へ行き、できるだけ清らかな清流が流れ、できうる限り天に近いところへお行きなさい。そしてサードオニキスを清め、そしてあなた自身も清めてくるのです」

「は、はい。それであのー、すずこは帰るのですね」

シスタークララはそれには答えず、

「静かな時間の中に身を任せるのです。さもなければ今のあなたは不安で心の目が曇り、自ら行こうとする道の妨げとなりますよ。本日は以上です」

「シスター、でも急がなければすずこは」

男は食い下がった。

「黙らっしゃい！」

シスタークララの一喝《いっかつ》は、静かだが強烈である。

彼は立ち上がり一礼して階段を駆け上がっていった。

シスタークララは手を合わせ聖書の言葉をつぶやいている。それが終わるとアイコンタクトを千夏に送った。

千夏はベンチから立ち上がり、机の前に進んだ。

「お願いいたします」

頭を下げた。

シスターも椅子から立ち上がり、

「こんにちは。お座りください」

微笑とともに優雅にお辞儀をした。

ここは世界で一番小さな修道院だ。たとえ階段の下の狭いスペースでも千夏はすがすがしい気持ちになる。

「少しお待ちください。昼前の共唱祈祷を捧げねばなりませんので」

彼女はロザリオを手に取り静かに祈りを捧げた。

千夏も何者かに向かい祈りを捧げた。

「わたくしは午後から大沈黙の時間に入ります。申し訳ありませんが、あと1時間ほどでその時間を迎えます」

祈りが済むと千夏に告げた。

「大沈黙ですか？」

「はい、わたくしたちは沈黙を大切にしています。口数が多ければ多いほど罪は避けえない。聖書の言葉です」

シスターはヴェールを整え椅子に座った。

「始めましょう」

千夏も椅子に座った。

「昨日の月は？」

「はい、満月でした」

さくらと舞とバルコニーから見上げた月はスーパームーンほどではないが迫力があった。

「今夜も満月になります。そして約束の日です」

半年前の満月の夜、千夏は漫画に対しての情熱が消え失せていた。それはそのまま自信のなさに繋がり、やり場のない気持ちを一人で抱え込んでいた。母がいれば鬱屈した気分をぶつけることもできた。けれど千夏はもう母と話すことはできない。そんな悩みや寂しさを抱えた時だった。

明るさに導かれて、庭に出るとスーパームーンが輝いていた。笑えるぐらい大きな月は神秘的というよりも元気ないたずらっ子のようにひょっこりと顔を出し、千夏を勇気づけてくれた。その日から千夏は月に親近感を覚えた。

さくらや舞は千夏にとって生涯の友達ではあるが、いつも身近にいるわけではない。でも月や星はいつでも千夏が見上げるとそばにいてくれる。

しばらくシスタークララとは疎遠になっていたが、母の報告もかねてまたシスターのもとに通うことにしたのだった。そしてこれからは自分の人生のサイクルの中に月と石と星を加えて生きていこうと考えた。

千夏は満月の夜と朔日はできるだけシスタークララのもとに出かけていた。満月と新月の夜は、月と地球と太陽が一直線になる。それらが混然一体となり、最大のエネルギーが降り注がれる日だ。千夏は占いには関心があるけれど、シスタークララのもとにやってくるのは、彼女と話すと自分が浄化される気がするからだ。

彼女こそが千夏にとってパワーポイントなのだ。シンプルな言葉、口少ないアドバイス、柔らかな微笑、それらは千夏の心を解きほぐしてくれる。

初めてのシスターとの出会いは、小学6年生の課外授業の、忘れもしないあの日だった。吉沢くんにパンフレットを破かれ、おとなしい加納さんが千夏をかばい、貝くんは吉沢くんの肩を押してまで千夏をかばってくれた。

千夏は、二人の気持ちが嬉しかったのと、自分の持ちものを取り上げられ、目の前でびりびりと破かれたことに頭に来たが、それよりもそんな暴力的な吉沢くんの態度が信じられなかった。

初めて精神的に暴力を受けた衝撃の日だった。暴力というものが持つ底知れない毒を具体的に心と身体に投げつけられ驚いたのかもしれない。

あの時逃げるようにその場から駆け出した。複雑な気持ちで館内を走っていくと突き当たりに階段があった。勢いでそのまま下りていった。気がつくと一番下の地下に下りていた。

もっと地下まで潜りたい気がして階段を探したが行き止まりだった。そこには管理室があるだけで、ガラスの窓から部屋を覗くと誰もいなかった。地下はひんやりしていた。

まわりに誰もいないので廊下に座り込んだ。自分の顔をひっぱたかれたわけでもないのに頬が熱くなり、気がつくと温かいものが頬を伝っていた。怒りは悲しみに変わり、それはまた怒りに変わって、目まぐるしくぐるぐると心臓の鼓動が速くなった。けれどその感情の根っこにあるものは、恐怖だったのかもしれないと千夏は涙の訳を考えた。

「お嬢さん、泣いてはだめよ」

顔を上げるとシスターがいた。

「あなたは、先ほどとても真剣にタワーの建設中の写真パネルを見ていたわね」

「はい……」

千夏は力なく答えた。

「あのー、もしかしてあの場所にいらしたんですか？」

「はい。一部始終を見ていました」

千夏は、吉沢くんとのやり取りを見られたことが恥ずかしかった。

シスターは黒い布バッグからポケットティシュを出し千夏に渡してくれた。布バックには森の刺繍がしてあった。

「タワーがお好きなのね」

「はい、鉄が組み立てられていくさまが面白くて」

立ち上がり涙を拭いた。

「東京タワーの鉄骨はアメリカの戦車を解体したもので組み立てられています」

シスターはそう言うと、千夏の顔をしばらく見つめた。

「下界に出ればいろんな人間がいます。それは他者です。自分とは考え方も食の好みも、喜怒哀楽の分量もすべて違います。世界中の価値観が自分と同じならば、わかりやすいかもしれませんね。けれどそれでは世界は回っていきません。他者を許すことで、自分が解き放たれることも事実です。けれど、他者に疑問を持つならば屈服する必要はありませんん」

まぢかで見る修道女は、透き通る白さの目の中に黒い瞳がきわだっていた。

彼女は、森の刺繍があるバックから、小さな箱を取り出した。

「はい、どうぞ」

千夏はとまどいながら小さな紙箱を受け取った。

紙箱には聖クララ会のお菓子と印刷されてあり、ベージュの小さな箱には修道院の紋章が描かれてあった。

「わたしは聖パイオ修道院にいました」

「聖パイオ？」

「サンティアゴ・デ・コンポステーラーにあります」

「は、はぁ」

千夏は舌を噛みそうな長い地名は覚えられない。

「そこは巡礼地でたくさんの人々がやってきます。その修道院で中世から伝わる修道女のレシピで、わたくしは昔お菓子を作っていました」

千夏は、母が食べていたパリの修道院の門外不出の製法で作られているという大麦キャンディを思い出した。

「よかったら、ふたをお開けください」

シスターにうながされ千夏はそっと箱を開けた。

お菓子は小さなシュークリームの形をしていた。ブルーの薄紙に包まれたお菓子は、表面に粉砂糖が振りかけられていた。

「お嬢さん、粉をふっ、と吹いてみてごらんなさい」

甘い香りに誘われて言われるように息を吹きかけた。

粉砂糖は優しく空中に舞った。

「そのお菓子はブニュエロというの」

シスタークララは、微笑みながら言葉をつないだ。

「別名、修道女のため息ともいわれています。11月1日の諸聖人の日に食べるお菓子です。これを食べると罪が清められるといわれています。お嬢ちゃん、ふう～、ともう一度大きく吹いてごらんなさい」

「はい、ふう～～」

大きく口を突き出し息を吐き出す。その見返りのように甘い香りが鼻先に吸い込まれた。

千夏はささくれ立っていた気持ちが少しホワン、となった。

「さあ、お戻りなさい。泣いたら向こうが喜ぶだけよ」

シスタークララは、静かに言った。

「それでも泣きたいときは好きな本を読みなさい。気持ちが整います」

シスターが動くたびにライラックの香りがした。

「マンガじゃだめですか？」

「もちろんいいですよ。そして濃い涙を一滴お流しなさい」

「一滴ですか？」

「そうです。だらだらと涙を流すものではありません。悲しみや怒りを煮詰めて煮詰めて、涙が出るのをこらえるのです。そうするとボロンと大粒の濃い真実の涙が流れ落ちます」

千夏はシスターのそばにもう少しいたかったけれど、

「さあ、お行きなさい」

と言われると、まるで自分が静謐な修道院から現実に戻った気がした。

「またお会いすることはできますか？」

立ち去りがたくシスターに訊いた。

「わたくしは階段の下の机に時々座っています」

千夏はそれ以上質問するのがためらわれ、箱にふたをしてカバンに入れた。

「お菓子ありがとうございました。シスター……？」

「クララよ」

「シスタークララ、さようなら」

「ごきげんよう……？」

「千夏です」

千夏はまた階段を駆け上がり、みんなのいる外階段に行ってみることにした。

加納さんは手すりをしっかりと握りしめ一段一段階段を上っていた。千夏に気づくとにっこり微笑んでくれた。吉沢くんは、下に見える豆粒ほどの人や車を面白そうに首を伸ばして見ていた。後ろを振り向きざまに千夏と目が合うと、ふん、と横を向いた。

貝くんは、一番後ろで動けなくなっていた。加納さんも貝くんも本当は高いところは苦手なんだと思った。ここで自分が勇気を振り絞り、加納さんや貝くんのそばに駆け寄り二人に声援を送り、そしてスピード感あふれる足さばきで階段を駆け上がり、吉沢くんを追い越しざまに、けりの一つでも入れるとカッコイイんだがなー、と思い描きながら、その場にぼんやりと立ちすくんでいたのだった。

ここを訪れるたびにシスタークララの顔を見ると孤独から少し離れることができる。

「今日は満月、約束の日です。アメジストはどこへ埋めていましたか？」

「はい、自宅の庭です」

シスターはいつもの布バッグから、小ぶりのガラスの瓶と真っ白い布で包まれたものを取り出した。バッグからは魔法のようになんでも出てくるのだった。

机の上にガラスの瓶が置かれた。それから白布で巻かれたものを取りのぞくとそれはボヘミアングラスだった。ケルト模様の幾何学的なデザインが繊細にガラスに彫り込まれていた。

「アメジストをここへお入れください」

シスタークララは白い手袋をしている。

千夏にも同じものを渡した。

「素手で触れていませんね」

「はい、土から取り出す時も手袋をはめました」

「それではこのグラスの中に入れてください」

千夏は、新品のハンカチを開き、土にまみれたアメジストの指輪をグラスに入れた。

「シスターベルナデッタに感謝を。彼女の善行のおかげでルルドの聖水が湧き出ました」

シスタークララは感謝の祈りを捧げ十字を切った。そしてガラスの瓶からルルドの清らかな水をグラスに注いだ。

土にまみれたアメジストは、ルルドの水を浴びると紫の光が深く輝きを増した。

「お母様は庭にお花をたくさん植えていらっしゃいましたね」

「はい、モネの描く『ヴェトゥイユの画家の庭』が好きで狭い庭に小径を作りひまわりを植えていました」

「覚えています。お母様はひまわりをわたくしにプレゼントしてくれました。光をたっぷり吸い込んだひまわりにエネルギーを感じました。お母様はひまわりのように明るい方でした。天に召され、はや1年になりますね」

シスターはアメジストの指輪を白布の上に置き、柔らかな布で拭いた。

「はい、まだ病気が重くなる前は、昔ほどではありませんがいろんな街を飛び回っていた人でした。珍品の食べ物の取材から、その町に受け継がれている郷土料理にテーマを見出して、人口の少ない山村や島にカメラを持ち出かけていたのに、こんなに早く目の前から消え失せてしまって。この現実が受け止められません」

「そうですね。別れに予告編はありませんものね」

シスタークララは指輪を千夏に渡した。

「この石はお母様が愛したひまわりの庭で、半年間地中深く埋めていただきましたね。それによりアメジストは浄化され、そのエナジーはいったんゼロになりリセットされました。そしてさらなるエネルギーを蓄えあなたを待っているのです。千夏さん、あの日あなたがここへ来てお母様のいない空虚な家のことや、絵画に対する気持ちなどを打ち明けてくれた日からちょうど半年の月日が経ちました。そして今夜は満月の夜です。月とアメジストの波動がピークに達しています。まずは気にかけているものがあればすべて手放してください」

「手放すのですか？」

千夏は、シスターの断固とした言葉に驚いた。

「そうです。おうし座のあなたは大地の人です。不動宮に属しているのです。変わることを嫌い安定を望みます。けれど、誰よりも五感の人です。色彩の人です。だからあなたが手放したものは、あなたがどんなに逃げても大地であるプリミティブなあなたに必要とあれば戻ってくるのです。樹木は大地で朽ち果てても、土に還りマザーツリーはその養分を吸い一段と生命力を蓄えるのです。あなたは還元され、そこにあり続ける。今、あなたが苦しく思うこと、疑問に感じていること、すべていったん手放しなさい。満月とアメジストがあなたに寄り添っています。最後にお母様に祈りを捧げます」

シスタークララは、祈りのことばを捧げてくれた。

そして賛美歌を歌い、十字を切った。

「千夏さん、あなたと言葉を交わせて感謝いたします。本日は以上です」

「ありがとうございました」

シスタークララと礼を交わしあいその場を去った。

帰り道、千夏はあと何年自分は生きるのだろうと考えた。

人生100年時代なんていわれているが、そんなことを信じ生きてる人がいったいどれぐらいいるのだろうか。毎日戦争や災害で亡くなる人や動物がいるというのに。この世に存在している自分はいつ消えるかもわからないのだ。

千夏は30歳になる。母が千夏を生んだ歳だ。

人生が100年ならば、母の40年分はどこに還元されるのだろう。シスタークララは千夏を大地の人と言った。100歳まで生きることができなかった母の40年は千夏に還元され、140歳まで千夏は生きるのだろうか。

紫の石は洗い清められ、太陽の光を受けた多面体は光を分散し、屈折させ、反射させながら千夏の指で光を放っている。

月は新月を過ぎ三日月から満月へと姿を変える。循環しながら世界は創られている。宇宙の成り立ちからすれば千夏の生はまだ始まったばかりに過ぎず、あっという間に燃え尽きるのだろうが、これから一人で歩いていく覚悟はまだできていない。

麻布十番に着くと千夏はいつもの喫茶店に行った。そこは大通りの脇を入りさらに細い路地裏を抜けると行き止まりにポツンと建っている。ドアを開けようとすると月桂樹の植木の後ろから急に黒い猫が走り出てきた。千夏は驚き身をかわした。するとその後から白いネコが出てきた。千夏にすり寄り、足首に顔をこすりつけてきた。そのしぐさがかわいくて写真を撮ろうとスマホを取り出したが、その隙に走り去ってしまった。セーラームーンの黒猫のルナ、白猫のアルテミスに出会えたようで嬉しかった。

ドアを開けると赤いベストを着て蝶ネクタイを結んだ白髪のおじいさんがお客さんと話していた。

「いらっしゃいませ」

「こんにちは」

時々しか来ない店ではあるが、おじいさんは千夏の好みのコーヒー豆を覚えていた。

「いつもの豆でいいですか？」

「はい、お願いします」

千夏は水を飲みひと息ついた。

今頃シスタークララは大沈黙の時間に入り、心を整え静寂な時を過ごしているのだ。千夏もコーヒーの香りで心を落ち着かせ、これからのことを考えることにした。

手放すこと。シスターはそう言った。それは哲学的すぎてピンとこないが、まずは現実の問題から考えてみた。

実家だ。千夏はスマホを取り出した。

狭いけれど庭付きの４ＬＤＫ。28坪。築年数26年。駅から３分。知っている限りの情報を不動産のサイトに入れてみた。すると30秒で査定します、という赤い文字が点滅しだした。

母は祖母からの相続で入ったお金を頭金にして、家を購入していたのだった。祖母も早く亡くなった。母はいつも明るく千夏と接していたが、一人で生きていくのは心細かったのだろうと、母を亡くしてみてわかった。

千夏は父の顔を知らない。母は父のことは話してはくれなかった。母と祖母と生きてきた千夏は特に父の存在を必要としなかった。

アメジストの指輪を見つめながら、この指輪も祖母から引き継いだものだと思い出した。大きな石は角度が変わるたびに紫の色みが変化した。

1年たてば、母の遺品も片付けられると思ったけれど、まだ部屋にも入れない。

母の遺言には家族だけの密葬でと書いてあった。それにしても母はずいぶん早くから遺言書を書いていたのだなと驚いた。きっと千夏が慌てないように、いろんな相続の雑務がスムーズにいくように考えてくれていたのだ。あらためて母の性格が偲ばれた。

30秒の査定不動産から、チャットで質問が来た。ローンの残金は？と書いてある。千夏はそこまで頭になかった。

税理士さんからは、口座名義の書き換え、引き継ぎの書類、相続税の説明を受けたが、あまりの引き継ぎの書類の多さに記憶が定かではない。家のローンの話は出なかったのではないか？　全く覚えていないのだった。けれどローンらしきものは通帳からは引かれてないので、ローン残金なし、と返答した。

死のすぐそばには、現実が隣り合わせにあって、千夏は訳もわからず書類にハンコを押していたのだった。

赤い太い数字はスロットのようにまたくるくると回転した。

「おまちどおさま」

おじいさんが、コーヒーをカウンターの上に置いた。

「今日はいつものブルーベリーチーズケーキが売り切れまして、この３種類からお選びください」

シルバーのお盆の上のケーキを千夏の前に差し出した。千夏はこの状況が苦手なのだ。ケーキに目はついていないけれど、かわいいケーキたちから一つを選ぶのはなんだか気が引ける。けれど、今日はいろんな気持ちを手放す日だ。迷う気持ちも今日で手放そう。

「アップルパイをお願いします」

千夏は即答した。

「かしこまりました」

選び取る行為はなんて気持ちいいんだろう。

迷わず母の好きなケーキを選んだ。

スマホを見ると30秒査定の数字はゆっくりと回転がとまった。

５４００万。

千夏は、目を見開いた。

沈黙と冷静は賢者の印。シスタークララの言葉を胸に刻みコーヒーを飲んだ。するとチャットに連絡があった。ご説明させていただきたいのですが、お電話で連絡させていただいてもいいですか？　千夏は慌てて、電話連絡は辞退するを選び返信した。

「熱いので気をつけてお召し上がりください」

アップルパイは温かく、添えてある生クリームをのせると冷たくておいしかった。

店を出ると千夏はあてもなく歩いた。あてなんてどこにもない気がした。帰りたい場所なんてもうどこにもないのだ。それでも地下鉄方面に足は向いている。大江戸線からたくさんの人たちが出てきた。それぞれの自宅や目的の店を目指し足早に歩いている。千夏は急ぐ必要もないし家に帰る気もしない。母親と手をつないで歩いている少女がうらやましかった。商店街の店の壁や窓には求人募集の張り紙が貼ってあった。千夏は漫画関係以外の職種では働いたことがなく、そんな社会経験のなさゆえに何事にももう一歩踏み出す勇気がないのかなと思いながら、時給１２００円あなたと働きたいと書いてある広告を横目で見た。

さくらが立ち飲みをした酒屋を訊いておけばよかったと思いながら地下鉄の駅まで重い足を引きずりながら歩いていると、ふと東京タワーのメインデッキが遠くに見えた。

先ほどまでいた場所なのにまた戻りたくなった。できることならタワーに住みたいぐらいだ。３６０度見渡せるデッキで風景をデッサンしたい気持ちが湧き上がってきた。それにあそこへ行けばたくさんの母との思い出がある。そんなことを考えながら目を凝らして眺めていると純白の光がキラッと瞬《またた》いた。

千夏はコーヒーを飲みながらアメジストの指輪ばかりを見つめていたので、目の疲労かとも思ったが、１５０ｍの高さにあるメインデッキがまたわずかにキラッと光った。

千夏はそれを確かめたい気持ちになりタワーへと急いだ。タワーに目を向けながら教会の前を通り坂を上がった。上を向いて足早に歩いているので首が疲れるが目を離すわけにはいかない。確かにまた一瞬だがキラッと光った。定期的ではないが千夏の目には光が見えた。

タワーの前には観光バスが停まり、車内から観光客があふれ出ていた。正面玄関の前で上を見上げると、光はチカッ、ともキラッ、ともしなくなった。千夏は息を切らしながらタワーに入りインフォメーションに走り込んだ。

「すいません、今日はイベントやっていますか？」

見慣れた制服の案内係の女性に訊いた。

「今日は特にありませんが」

満面の笑みで答えてくれた。

「何か、お目当てのイベントがあればお探ししましょうか？」

「あ、いえ、タワーのメインデッキに白い光がチカチカしてたように見えたので」

千夏は、子供のような質問をするのに照れたが、恥ずかしさも手放した。

「え、そうですか？　貴重な情報ありがとうございます。すぐにお調べいたします。少しお待ちください」

千夏は思ったよりも大げさな事態になったので立ち去りたくなったが、踏みとどまった。

「はい、お待ちします」

インフォメーションの人たちは手分けして内線電話をかけると、後ろにある事務所に駆け込んでいった。

なんだか大変なことを軽々しく口に出したのではないかと、千夏は冷や汗をかいた。しばらくすると、事務所の中からグレーの作業服を着た男性が出てきた。

千夏は少し離れた場所にいたが、その光景がよく見えた。男性はカウンターにある電話を片手に持ち図面を見ながら確認を取るように、鉛筆で図面にチェックをしていた。

それからインフォメーションの案内係の人に話しかけると、彼女は千夏のほうを向いてあの方です、というしぐさを手で示した。作業員らしき人は、インフォメーションから出ると千夏のほうに歩いてきた。千夏はもし違ったら恥ずかしいなと思いながら身構えた。

「こんにちは。はじめまして。わたしは鉄塔電気調整室の貝です。このたびはご心配おかけしてすみません。また、タワーまで足をお運びいただいてありがとうございます」

千夏に向かって礼儀正しく頭を下げた。

あっ、ガリ勉眼鏡くんだ！

千夏は一目見てわかった。だてに1学期席を並べていたわけじゃない。しゃべり方、眼鏡の形、鉛筆をくるくる回す癖、それにあごの右下のほくろ、まちがいなく貝くんだ。

千夏はあの日、かばってくれた貝くんや加納さんにありがとう、と言えなかった。時折タワーに来ると思い出すこともあったけれど、時間とともに薄れていった。

貝くんは、

「じつはメインデッキでテストをしていたのです。夜にするのはあまりにも目立ちます。それに光はわたしたちにわかればいいので薄い光を出しておりました。今年の冬から、メインデッキには純白のきらめきと称しまして、ダイヤモンドチョーカーのデザインで光を放ち、トップデッキには、ダイヤモンドティアラと称して、日没から24時までの毎正時00分の2分間に点灯することになったのです。そのテストを行っていました」

貝くんは理路整然とエンジニアらしく説明をした。

「それにしても、よく光がわかりましたね。ごくごく微量の光なので、あまり一般の方にはわからないのですよ」

貝くんは感心していた。

もう眼鏡の中に見える目は怖くなかった。

「そ、そうですか。こちらこそ確認していただいてありがとうございます」

千夏は頭を下げた。

「とんでもありません。わざわざご来塔させてしまって。これは私どもからのお詫びの品です。よかったらトップデッキまでお上がりください」

貝くんはチケットを渡してくれた。

「ありがとうございます」

チケットを受け取ると、

「きれいな光ですね」

貝くんは千夏の指輪を見た。

「深くて優しい紫ですね。タワーの毎月変わるイメージカラーにあうな。今新しい色を考案中なんですよ。この紫ならどの季節にぴったりするかなぁ?」

貝くんはアメジストに見とれている。

「あっ、失礼しました。それじゃこれで」

貝くんはさっそうと小走りで走り、事務所のドアを開け中に消えた。

千夏は、貝くんの後ろ姿を見送りタワーを出た。外に出ると似顔絵のコーナーがあり、似顔絵いかがですか、記念になりますよ、と声をかけられた。振り返るとたくさんの似顔絵が飾ってあった。子供の頬の赤さ、少年の恥じらうまなざし、犬が飼い主を見つめる一途な瞳、それらは母のデッサンに似ていた。特徴を強く浮き上がらせて描いてあった。

その絵を見ると小学生の頃の思い出や母の若き顔が一瞬にして押し寄せてきた。それから月日は流れ、千夏は大人になり、貝くんも大人になっていた。

それは当たり前のことだけど、未来は千夏の迷いや悲しみをすっ飛ばし、先へ明日へと人生を運んでいく。未来は待ってくれないのだ。

手放しなさいと言われたけれど、自分が手にしているものはいったいなんだろう。

びりびりと破かれたタワーのカタログが再び脳裏に焼きつくと、堰を切ったように千夏が生み出したたくさんの静止したキャラクターの絵が浮かんだ。長年描き続けてきた少女や少年や老婆、動物や過去の風景が千夏に叫ぶ。わたしたちに息を吹き込んで！

振り返ると、東京タワーがこちらを向いている。

千夏は、踵を返し坂を駆け出した。

上ってやる！

天にも届きそうな風が吹き抜ける外階段を。

タワーに行き、あの日恐怖でおびえて駆け上がることができなかった階段を！

手放すのだ。高所恐怖症も、漫画への迷いも、同級生の暴力も、優柔不断な自分自身も。

ゼロになり、もう一度パンドラの箱を開けよう。そして箱の底に残ったという希望に祈りをつなぐのだ。
見上げると薄い満月が空に顔を出していた。

エピソード2　老犬

階段を上がってくる美枝さんの足音が聞こえた。

「入るわよ」

「どうぞ」

美枝さんは、お盆に温泉名物のちまきとお茶をのせて入ってきた。

それは七央の大好物で子供の頃から食べている。

「わたしも一緒にお茶させて」

美枝さんは、七央が悩みを抱えているときは、そう言って寄り添ってくれる。

整体師の学校へ通っている時も、この道でやっていくことに迷いが生じた時も、話を聞いてくれた。カラオケスナックを継ぐことが嫌で、でも将来は自分が継がなければ店をたたむことになると思うと、ばあちゃんがかわいそうな気がして悩んだ。

美枝さんは、

「わたしもこの場所にお嫁に来ることをとても悩んだの。ほんとにここでやっていけるか心配だった。ここへはわたしも泊り客として来ていた程度だから、ここでの生活が日常になったらやっていけるかしらってね。七央さんも知ってのとおり、わたしも毎日東京タワーがどこかしらで目の端に入る生活だった。だからお嫁に来た時は寂しかったわ。でもここには毎日おさるさんがいてくれて心がなごんだのよ。だから今はもうおさるさんがいない日常は考えられない。今やりたいことをやればいいわよ。それがあなたのかけがえのない日常になるわ」と言ってくれたのが昨日のことのようだ。

ばあちゃんに申し訳ないが店は継がないよ、と告げると、あんたにそんなこと頼んだっけ？と不思議がられ、まじめにカラオケスナックの将来のことを考えていたのに拍子抜けした思いだった。

「すずちゃん、旅に出たくなったんじゃない？」

美枝さんはおじさんからすでにすずこのことを聞いていたのだろう、七央を慰めるように話しかけた。

「うん……」

どんなに悲しくてもちまきはおいしく完食した。

「今日、ばあちゃんのオニキスを川で清めるんだ」

「新月だからね」

美枝さんには新月のことも情報が入っていた。

「うん。そして僕も横湯川に入り身を清める」

「シスタークララがそう言ってくださったのね」

「えつ、美枝さんもシスタークララのこと知ってたの？」

「もちろんよ。わたしもかっちゃんからプロポーズされた時、占ってもらったもの」

「えーっ！」

七央はあらためて祖母たちの結託の強さを知った。

「訊いてもいい？」

七央はがぜん興味が湧いた。

「どうぞ」

「シスタークララはなんて言ったの？　かっちゃんのこと」

「今世紀最大のシンプルな人」

「納得」

同時に笑った。

「あ、トグラが来たわ」

窓に目を向けると、屋根の上で15代目ボスザルのトグラ95が空を眺めている。堂々とした佇まいはボスの統率能力を備えている風情だ。

「また何か降ってくるのかな？」

七央は耳をすまし目を細め、空を見た。

するとトグラが見上げる方向からふわりふわり、と黒い物体が降ってきた。トグラは警戒し鳴き声を上げ仲間に知らせた。空からのお客はここではさして珍しいことではない。

七央が窓から顔を出し、空からの落下物を目で追う先にゴールデンレトリバーがいるのが見えた。

「あ、美枝さん、ミッキーがいる」

太陽に照りつけられ金色に染まる彼の背中が橋を渡っていくのが見えた。ミッキーは気配を感じたのか空を見上げた。

「やだわ、あの子、まさか追いかけるつもりじゃないわよね」

美枝さんは窓から顔を出し心配げにミッキーを見ている。

「ミッキーは、空からのお客をいつも全速力で追いかけるじゃないか。そんなことしたら弱っている心臓がつぶれて……」

七央は、言い終わらぬうちに部屋から飛び出した。

「小池くんに電話で知らせておくわ。彼にミッキーを止めてもらう」

美枝さんも七央を追いかけ階段を駆け下りる。

七央は玄関を出ると、全力で急斜面を下り、橋を渡った。

「ミッキー！」

大声で七央が呼ぶと、その声に気づきミッキーは座ったまま尻尾を振った。

「ミッキー、ステイ！」

七央は、慣れ親しんだミッキーに合図を送った。

対岸の林道にチョコンと座っている半年ぶりに見るミッキーは、少しやせていたがいつもの愛くるしい顔は変わっていない。

黒い物体は南斜面の林の中にふわふわと流れている。ミッキーは、その方角に目を向けると突然走り出した。ゆっくりと風の流れに乗って漂う黒い物体とは対照的なスピードで、猛然とダッシュした。

「ミッキー、ストップ！」

ミッキーは白内障を患い、どこまで見えているのかわからない。体力も日に日に落ちてゆっくり歩くことしかできない。それなのに若い頃からの習性で、空からの落下物には本能として駆け出すのだ。老いているとはいえ、動物の基礎運動能力は高い。七央が本気で走っても追いつけないだろう。

そのとき、七央の目に、野猿公苑の事務所から小池くんが出てくるのが見えた。小池くんは大の字に大きく手を広げ、ミッキーを止める体勢になっている。そして、猛然と駆けてくるミッキーを抱きとめようとタックルした。しかし、小池くんの両腕は空を切る。ミッキーはするりと彼の横を潜り抜けると、野猿公苑の中を駆け抜けていった。

「ああ……」

七央は思わず悲嘆の声を漏らす。

しかし小池くんはすぐに体勢を整え後を追った。七央も気を取り直して野猿公苑の事務所のゲートを潜り抜け、それに続いた。

七央は、流れていく物体とそれを追うミッキーの姿をとらえながら、縮まらない距離がもどかしかった。これまでの人生でこんなに全速力で走ったのは、この前のすずこの時とこれで2回目だ。心臓が狂ったように脈打ち、視界の周辺が滲んでくる。肺は爆発でもしたのかといった具合でまともに息が吸えず、どこまでも苦しさが続く。七央は走ることはあまり得意ではないが、愛する者のために力の限り全速力で走った。橋を渡る頃にはミッキーよりも自分が倒れそうになっていた。

ミッキーは岩棚を上がり、その後を小池くんが追いかける。黒い物体は、岩の上の林の中に流れ落ちた。七央は、岩棚に着くと一歩一歩足場の安定する場を選び足をのせた。上まで上がり切ると草地にミッキーと小池くんがいた。

「ミッキー、大丈夫か!」

ミッキーは、七央を見ると興奮して前脚で七央の胸に抱きついた。

七央は、ミッキーを抱きしめた。

ミッキーは、ゼイゼイと紫色の舌を出して息をしていたが、意識はしっかりとしていた。

七央はこのままミッキーを連れて帰りたかったが、ミッキーは七央に向かい大きく尻尾を振って身体を離した。そして二人を案内するように茂みの中に進んでいく。

「七央さん、ここまで来たらミッキーに任せましょう」

小池君はそう言って、ミッキーの後ろを歩いていく。

七央は息が上がり、大きく肩が上下した。

茂みの中に分け入ると、ミッキーは鼻をクンクンと鳴らした。土に鼻をこすりつけながら匂いを嗅ぎ、奥へ奥へと突き進む。おい茂った草をかき分け、さらに奥へと進むと野性の荒々しい匂いがし、ところどころ雪がまだ残っていた。下界は灼熱の太陽が照りつけるが、ここ北信濃の地獄谷は冬の痕跡が残されている。

ミッキーが「ワン」「ワン」と吠え出し、落下物を見つけ走った。

「七央さん、こっちです」

小池くんが手招きした。

黒い物体は落ち葉の上の雪の中にいた。

小池くんがつぶやいた。

「トビだ」

地獄谷では、傷ついた鳥が障害物に激突し、失神したまま空から舞い降りてくることが時々あるのだ。手当てをして自然に戻すことはあるが、ほとんどが命を失ってしまう。

「ミッキー、よくやったぞ」

小池くんは彼の頭を撫でている。

七央はミッキーは、得意げに七央と小池君の顔を代わる代わる見つめた。

額の上に流した。ミッキーに近寄り頭を撫で全身を手でさすり、興奮を抑えた。鼻の脇をさすり、七央の顔を見て舌を出し、息を荒げている。舌の色は先ほどまでの濃い紫が黒く変色しているのが心配になった。

小池くんがトビの前にかがみこむと、ミッキーは駆け寄り褐色の羽に鼻をこすりつけた。

「ミッキー、離れてくれ。トビを静かに見送ってやろう」

トビはハタハタと羽を震わせている。やせ細ったからだは最後の羽音を残し、やがて動かなくなった。

小池くんはトビの前に膝を突き手を合わせた。

首に巻いた白いタオルでトビを包み胸に抱いた。七央は手を合わせることもできず、その光景を後ろから見ているだけだった。その光景がすずこと重なり、震えるばかりで何も手助けすることができなかった。

「七央さん、ミッキーが興奮して走りださないように見ていてくださいね」

小池くんの声で我に返った。

「うん、わかった。いつもミッキーはここまで追いかけてくるの？」

「いいえ、こんなことは一年に２、３度あるかないかですから。でもミッキーは僕より先輩で、もう20年近く空から舞い落ちてくる鳥たちを追いかけてきたのだからたいしたもんです……けど」

これが最後になるのだろうと、小池くんは口には出さないが、七央に目で訴えかけていた。

「リードを持ってきたんですが、どうします？」

ミッキーの赤いリードをポケットから出した。

「これ以上興奮させてミッキーの心臓を圧迫させたくないから、はめるよ」

七央はリードを受け取りミッキーの身体に通した。

小池くんの後をミッキーの歩幅に合わせて下りていく。ミッキーは、鼻を空に向けて木々の匂いを吸い込んでいる。大地の息吹きを楽しむように気持ちよさそうに歩いている。

緊張と興奮が収まると彼の足取りは徐々に速度が落ちた。ゼイゼイと舌を出し息が速い。

急な坂道の手前に来るとミッキーは立ち止まり、歩けなくなった。

「七央さん、僕がミッキーを背負いますから、トビをお願いできますか」

小池くんが心配そうにミッキーを見つめている。

小池くんの背中にあるのはリュックサックと思っていたが、それはイヌをおんぶするためのものだった。

「市販のものではミッキーが入らないので美枝さんが改良して作ったんです」

七央は、足を出せるように穴を開けたリュックを眺めた。半年ほどでこんなにもミッキーが衰えているとは思っていなかった。

小池くんは、トビを草むらに置いた。手慣れたしぐさでリュックを調整し七央に背中を向けた。

ミッキーはそれを見るとよたよたと近づいた。七央はリードを外すとミッキーを抱きかかえ後ろ足を入れた。ミッキーも慣れているのかぐったりとした身体をうまくすべりこませた。

「ミッキー、家に帰るからな」

小池くんは、立ち上がった。

「今日は失神しなくてよかったです」

小池くんは七央に打ちあけた。

「えっ、歩いていても倒れていたの？」

「はい、その頻度が多くなりました。その辺をゆっくりと歩くにはいいんですが、少し無理をすると倒れるんです」

「そのたびに息を吹き返してくれたんだね」

「はい、心臓マッサージをするのですが、ぼくはそれが辛くて辛くて。このまま目を開けないんじゃないかと思うと、そのたびにミッキーと川で遊んだ思い出とかが蘇ってきて……。それでミッキーが目を開けてくれた時は、これ以上大切なことはこの世の中にはないんじゃないかという気がして、ミッキーを抱きしめるんです」

ミッキーはもう20歳になる。七央が高校生の時からこの場所で生きているのだ。鳥が空から落ちてきたらそれを追いかけ、最後の弔いをすることが彼の流儀なのだろう。ミッキーと過ごした年月の早さを思う。小池くんの背中でうつらうつらしている寝顔には、子犬の頃のあどけなさがこんなにも残っているというのに。

七央は、草むらからトビを抱き上げ胸に抱いた。

小さな身体には、最後のぬくもりがわずかだが残っている。それはほんのりと七央に伝わってきたのだった。

後楽館に着くと、玄関まわりにはなじみのサルたちがいた。

母子ザルが多かったが、雄ザルも数匹いた。イヌとサルとは犬猿の仲というけれど、ミッキーとサルたちには暗黙の了解ができていた。ミッキーはサルたちを無視するわけでもなく、ただ淡々とそばにくる母子ザルを知らん顔で受け入れていた。

子ザルが小池くんにおんぶされているミッキーを見上げると、遊んでほしいのか鳴きだした。子ザルはミッキーが昼寝をしていると、寒さしのぎで彼の身体にべったりとくっついて寝ていることもある。その間、母ザルは別の場所でのんびり過ごしミッキーに子守りを任せていた。七央は、ほんの一部だが、動物たちもコミュニティをつくり助け合っている場面を子供の頃から見ていた。そこには種を超えた、生きる者たちの承認が介在しているように見えた。

ミッキーは家に帰り美枝さんの顔を見るとクーンと鳴いた。

「ミッキー、ご苦労様。トビを見つけてくれたのね」

美枝さんは愛しげにミッキーを抱きしめた。

「小池くん、ミッキーのお気に入りのバスタオルを敷いてあるから居間で寝かせて」

かっちゃんも噴泉の掃除が終わり、心配げに小池くんについて部屋に入った。

居間にはおじさんがミッキーの寝床のそばに水を置いていた。かっちゃんが小池くんの背中からミッキーを抱え上げた。

皆が見守るなか、ミッキーを畳に座らせた。ミッキーは、嬉しそうに尻尾をふりながらお座りをしようとしたが、そのまま畳に倒れ込んだ。

「ミッキー！」

美枝さんが手を貸そうとしたら、

「自分でやらせよう」

かっちゃんが制した。

ミッキーは自力で立とうとするのだが、前脚は立つが後ろ脚が踏ん張れず、腰からくずれ落ちてしまう。何度も何度もそれを繰り返す。息が上がり舌を出した。

「ミッキー、もうやめて、もういいのよ」

美枝さんが涙を流しながらミッキーを止めた。

ミッキーも自分の限界をわかったのか、立つことをやめた。

「ミッキー、心配するな。これからは俺がおぶって毎日散歩に連れていくからな」

ミッキーは、それに応えるようにかっちゃんに尻尾を振った。

動物たちは自分の身体が病魔に襲われていても、生まれ持った本能を全うすることが生きる証しなのかもしれない。

ミッキーは自力では歩くことができないが、それでも玄関で横たわり、子ザルと昼寝をしたり、かっちゃんの背に負われ、嬉しそうに散歩に行く。こうして最後の時まで彼らしく生きていく姿が七央の目に焼きついたのだった。

鉄一郎おじさんが話すように、動物にも意思があり、目的があるというのは当然のことだ。何よりも渡り鳥がいい例ではないか。彼らは生きるために自分の居場所を知っている。

小さなトビの温もりや、ミッキーの林を駆け抜ける姿を見て、自分はすずこの野性の本能を奪ったのかもしれないと七央は思った。

あの日、もみの木の下で鳴いていたすずこを家ネコにせず、元気になれば外にリリースすればよかったのかな、と迷いが湧いてきた。

外ネコの死亡率は高いけれど、道ですれ違う彼ら彼女たちは食べ物には困っているが、「生」を謳歌しているように見えるのも事実だ。

七央は、生きるとは寿命の長さだけではないのかな、と秩序正しく平穏無事な毎日を心がけている自分の生き方に思いを馳せた。

自分の人生は平穏と引き換えに上がったり下がったり、ジェットコースターのような勢いはないかもしれない。それでもネコたちといると何よりも幸せを感じるのは唯一確かなことだ。それが自分の今の「生」だ。

すずこはもしかしたら残り少ない命を悟り、今までにない人生を味わいたかったのかもしれない。


「熱いんじゃないの？」

かっちゃんの声が脱衣所から聞こえた。

「もっと熱くてもかまわないよ」

明日は新月になる。七央がシスタークララから言われたことを決行する日だ。

身を切るような高温に歯をくいしばり耐えている。

「これ以上熱くすると、のぼせるどころか皮膚が痛くなるよ」

「明日は大切な日だから身を清めたいんだ」

七央がくらくらしながら答えると、ふんどし姿のかっちゃんが露天風呂に入ってきた。

「身を清めて何すんの？」

すずこが見つかるようにサードオニキスを川で清めるのをかっちゃんだけは知らないようだ。

「石を清めたいんだ」

「ふーん」

「だからその前に僕自身を清めている」

「へー」

かっちゃんは露天風呂の床をデッキブラシで掃除しながら答えた。

彼が脱衣所に戻ると掃除機をかける音がした。

再びこちらに戻ってくると、ふんどしは外されていた。

「ご一緒させて」

かっちゃんが湯船に入ってきた。

「どうしたの？」

シンプルな問いかけが七央に向けられた。

「ネコがいなくなった」

七央は、かっちゃんと話すときは、簡潔に事実だけを話せばよいので楽だ。

「何歳？」

「16歳。人間なら80歳」

「老いネコか。帰ってこないんじゃないの」

身も蓋もないことを言われ一瞬、沈黙が続くがかっちゃんは気にしない。

「で？」

「で……、できる限り天に近いところで、できるだけ清らかな水で石を清めたい」

「ふーん。そんじゃ、そのできるだけの場所に俺が案内してやるよ」

七央は、小学生の頃かっちゃんと山菜採りに行ったことがあった。そこは誰も足を踏み入れたことがない場所だった。かっちゃんほど山のことを熟知している人はいない。

七央は喜んで申し出を受けた。

「ありがとう、かっちゃん！」

希望が湧き、すずこのぱっちりお目めが浮かんだ。

「さーて、今夜は6時から、みんなでご飯だよ」

彼が湯船から上がると、母子ザルがやってきた。母ザルは湯の中に手を入れ湯加減をみている。

「ちょうどいい湯加減だよ」

と母ザルに声をかけて、七央は脱衣所に消えていった。

食卓には、七央の好物が並んだ。

にせあぶらしめじや、山菜の天ぷら、見たこともない色や形の天然のきのこがずらりと並んでいる。

「スズメバチの酒飲む？」

かっちゃんがおじさんに訊いた。

「そうだな、今日はマムシにしとくかな」

ガラス瓶にはマムシが横たわっている。

「はいよ」

マムシ酒がコップをたっぷりと満たした。

おじさんは嬉しげに受け取り、ごくんと音を立てて飲んだ。

それを見て七央は、ぶるっと身を震わせ、赤いきのこの天ぷらを食べた。少し苦みがあるが、岩塩を振りかけて食べるとちょうどよい甘みを感じた。

「明日は５時に起きて１時間ほど歩くからね」

かっちゃんが、スズメバチの焼酎を飲みながら七央に話しかけた。

「え、どこに行くの?」

美枝さんが七央の顔を覗き込んだ。

「限りなく天空に近い場所さ」

「天に近い場所? 七央、それならお前んちの前にある鉄塔に登ればいいじゃないか」

おじさんが赤ら顔で言った。

「鉄さん、七央さんは真剣なんだから冗談を言うもんじゃありません」

大おかみにたしなめられ、おじさんはすいません、と小さくなった。

「そうよ、東京タワーにも失礼よ。おじさん、おじさんは鉄という字がついているんだからタワーに敬意を払うべきよ」

美枝さんも意見した。

「はは、そうだけど親が勝手につけただけで、嬉しくもなんともないよ」

おじさんはトロンとしたまなざしになっている。

「鉄香、鉄一郎、鉄子に七央。ほんと俺たちは東京タワーの宣伝塔じゃないっつーのよ」

「えー、おじさん僕は七央だから関係ないよ」

七央は反発した。

「何が関係ないだよ。お前の名前の央は、東京タワーの形そのものじゃないか」

七央は頭の中で「央」の形を思い浮かべ、確かにタワーとフォルムが似てるな、と初めて知った自分の名前のいわれに驚いた。

「いい名前よ、七央さん」

美枝さんがほめてくれた。

「そうですかね、まぁ、それじゃそういうことで」

「でも妹の雪乃ちゃんはちがうわね」

美枝さんが不思議な顔をすると、

「それは、鉄子ちゃんが娘にはタワーとは関係のない名前をつけたかったのよ」

大おかみが教えてくれた。

ミッキーはみんなに囲まれているのが嬉しいのか、柔らかく煮たささみを食べている。固形のものはもう食べることができなくなっていた。食欲があるうちに少しでも好きなものを食べさせたいと美枝さんが毎日手づくりのものを食べさせている。

「七央さん、明日は新月だものね」

美枝さんが、スプーンでささみをミッキーの口に入れた。

「石を清めるんだよな」

かっちゃんが尋ねた。

「そう、これなんだ」

七央は箱の中からサードオニキスを出した。

「これ、みんなに見ておいてほしいんだ」

袋の中から石を出しみんなに見せた。

「赤いのね、珍しいわね」

「そうなんだ、オニキスは黒しか見たことがなかった」

七央は、石を美枝さんに渡した。

「あら、わたしが触ってもいいの」

「みんなに触ってほしい。石はその人の気持ちを受け止めるってシスターが言っていたから。なんだかもうすずこに会えないかもしれないって思うんだ。でもそれならそれで、どこかで生きてくれていたらいいなと思う。だからその石にみんなの気持ちを入れて、明日清水に浸したいんだ」

七央は、思いの丈を石に注ぎ込んで、あとはすずこがもし帰るのならそれを静かに待っていよう、と石を強く握った。

「わかったわ。じゃ、わたしからこの石に願いをかけるわ」

「美枝さん、ミッキーにも触れさせてほしい」

「もちろんよ」

美枝さんはミッキーと自分の手を合わせてその中に石を入れ、自分の額とミッキーの額を合わせ祈ってくれた。

それから、大おかみに渡した。大おかみは柔らかい両手で石を包みこんで目を閉じ、声には出さなかったが祈りを捧げた。

かっちゃんは、石をまじまじと見て明日は頼むぞ、と言った。おじさんは石を手でさすり、すずこが無事でいますようにと唱えた。それが終わると石を七央に返した。

七央は、みんなの手で温かくなったオニキスを袋に入れた。

そのとき、ミッキーがクゥーンと鳴きだした。彼は何者かの気配を感じたのか窓際に顔を向けた。

「あれ、もしかして」

かっちゃんが席を立って窓際に行った。

「あ、あんたまた帰ってきたの？」

七央も窓から顔を出すと、はぐれタヌキのうたちゃんだった。

「まだ古巣に戻っていなかったの？」

うたちゃんはうずくまってじっとこちらを見ている。

「きっと家族が元の場所にいなかったんだろう。夜になると時々山から下りてくるんだよ」

「でも、サルたちとよくケンカにならないよね」

「うちの玄関に集まるサルたちはメンバーが決まっているから、顔見知りというか慣れというか、喧嘩になったことはないな」

「争い事になったら、うちの前には集まれないことが彼ら、彼女たちなりにわかってるんじゃないかな」

かっちゃんは、うたちゃんに野菜を投げてやった。

「群れからはぐれたらどうなるの？」

「一人で生きていくのさ。今のところ俺を頼りにして山から下りてくるから野菜くずを食べさせてるけど」

「信頼されてるんだね、かっちゃん」

七央は散歩に行くとエゾシカとよく出会う。川べりにいるエゾシカはこちらをうかがいながら水を飲んでいる。雪道を歩いているとキツネに出会った日もあった。雪の中を1頭だけで林を歩いていく後ろ姿はやせ細っていた。雪の中に小さな足跡が続いていた。たくさんの種類の野生動物がこの山にはひそんでいるが、はぐれタヌキにまで信頼されているかっちゃんには感心した。確かに目の前にいる男は、動物がこの人は自分には被害を与えない、という確信を持たせる顔だ。

「でもね、うたちゃんはどれだけ俺と親しんでもとりあえず噛むのよ」

みんなは笑った。

ミッキーは鼻をクンクンさせて、うたちゃんの存在を感じとった。

「ミッキーは友達が多いね」

七央は彼の頭を撫でた。

20年ほどの命で長寿犬といわれる。人間でいえば90歳近くになるのだ。まわりは長生きの犬ですね、と言う。

どうして動物は生きる時間が短いのだろう。七央は子供の頃からそれがどうしても納得がいかない。まわりの大人に訊いても七央が腑に落ちる回答は訊いたことがなかった。

野生の動物たちは、もっと過酷だ。

言葉も話せず、武器を持つこともできず、自然の変動に身を任せ、文句も言わず、人間の利益の犠牲になり、ただ美しい身体を与えられて生きている。

ミッキーとはこれが最後のお別れになるのかもしれない。

そんな自分の運命を知ってか知らずか、ミッキーは美枝さんに口に運んでもらったささみを歯のない口で上手に咀嚼していた。

第4幕

夏の嵐
―舞の事情―

舞は、また自分の気持ちが揺らぐのを情けなく思った。

さくらや千夏と久しぶりに会い、母校のジャージを着て懐かしい校歌を歌った。さくらと千夏に会うと現在の自分が消え失せ、授業中にぼんやりと外を眺めていた暖かな日の温度や、授業をボイコットして図書館で本を読んでいた紙の匂いや、3人で海へ行き、祖母が歌っていたシャンソンのメロディが頭の中に聞こえる。舞が歌いだすとさくらも千夏もフランス語の真似をして歌いだした。さくらが生徒会長になりやたらとまじめになって、舞と千夏がうんざりしたり、応援したり、そんなとりとめのないあの日の情景が浮かんでは消える。

3人で集まれば、あの時代の、あの場所での少女に戻る。

過去と未来はいつでも舞の世界にあるけれど、現実の今の自分を見つけることができない。

長年世界の絶滅種の保護に携わってきた。何かの集団の中にいなければ、自分が何者で、どの国に属していいものかいまだにわからない。

30歳になるまで好きなことをさせてほしい。その後は呉服屋の店を継ぎます、と両親と約束した日は、もうまぢかに迫っている。大学を卒業してあっという間の8年間だった。

動物の保護に関わりたくさんの現実を知った。矛盾をはらみながら世界は回っていた。大きな社会規範の約束事に矛盾や怒りを覚えながら世界的規模の団体の中に身を置いているが、思い描いたように保護の活動は前に進まない。それでも当たり前のように容認させられながら仲間たちと活動を続けてきた。

母との約束を果たさないなら、母に納得のいく説明をしなければいけない。それは動物保護の活動をするうちにもう一つ舞の胸の中に収めていたある想いが日に日に芽生え、萌芽し成長しているためだ。

今日はその報告を祖母のゾフィアに告げに行く。舞は彼女の好きなパルメットを買いに源洋菓子店に立ち寄った。

「いらっしゃいませ」

冨美子さんが、ぱりっと糊の効いた白衣を着て迎えてくれた。

彼女はもともと聖路加国際病院の医師になるはずだったのだが、スイスで洋菓子の修業をした源さんと知り合い、彼が洋菓子店を開店する際にプロポーズされた。

ひとまわりも年上の源さんはマダム冨美子に言わせれば、規格外の人だったそうで、自分の身内にはいないキャラクターが面白かったのと、洋菓子が大好きな彼女は、あっさりと医師になることを選ばず、チョコレートやパイやクッキー、モンブランを選んだのだぞうだ。

「こんにちは」

店に入るといつものバターの香りがした。

飾り棚の上には雄ネコのミコリンが威風堂々と行儀よく座っている。

「ミコリン、お久しぶりです」

頭を撫でると目を開き、ニャッと一言返事をしてくれる。

「あら舞さん、こんにちは。パルメットなら今焼きあがったばかりのものがありますよ」

ショーケースの向こうで、冨美子さんが言った。

パイは台の上の鉄板に並べられ、扇風機で冷やされていた。

「わー、こんなに何枚ものパルメットが並べられているのは初めて見ました。かわいー」

舞の声が思わず大きくなった。

鉄板の上には同じ向きで、ハートの形をしたパイが並んでいた。

「これ写真に撮っていいですか？　ゾフィアが喜ぶと思うから」

舞はスマホをバッグから出した。

「どうぞ。構いませんよ。でも何度聞いても面白いですね」

冨美子さんは笑った。

「何がですか？」

舞は訊き返した。

「だって、お婆様のことをゾフィアと呼ぶんですもの」

「ああ、それはそうですよね。でも祖母はクオーターで、そう呼ばれるのが一番自然らしくて、孫のわたしには子供の頃からそう呼ばせていたんです。でもさすがにわたしも中学生になったらグランマって呼んでますけど、ついゾフィアって呼ぶ癖が抜けなくて」

「そりゃそうよね。でも住んでいらっしゃるお屋敷も蔦が絡まって、あそこだけ別世界に感じるわ。ゾフィアさんはどこの国の方かわからないぐらい不思議な雰囲気をお持ちよね」

「でも母は、その反動で日本の伝統をかたくなに守っているような人で、強烈な個性の祖母と堅実な母の間にいるとわたしは疲れます」

冨美子さんと舞は顔をみあわせて笑った。

その声を聞きつけて、ター坊が出てきた。

「あれ、今日は幼稚園お休みなの？」

ター坊は５歳になるこの店の跡取り息子だ。

「うん、そうだよ。舞ちゃん今日もパルメットにするの？　あのね、このチーズケーキもおいしいんだよ。とーちゃんの新作だよ」

窯から出たばかりの黄金色のケーキを指さした。

「ター坊、またつまみ食いして、だめじゃないの」

厨房から、姉のみどりちゃんがでてきた。

みどりちゃんはチュチュを着ていた。彼女はバレエ教室に通っているこの店の長女だ。

「あ、舞さんこんにちは」

「こんにちは。みどりちゃん、素敵なチュチュね」

「はい、今度の発表会でドガの絵の中の『バーで練習する踊り子たち』のポージングをするのよ」

「わあ、素敵ね！」

舞は、少女が教室でバーに足を乗せている構図が目に浮かんだ。

「見に来てくれる？」

「もちろんよ」

みどりちゃんは、特別に先に見せてあげると言って、ポーズを取ってくれた。

「ありがとう、よく足が上がってきれいよ」

舞は、12歳の少女が夢見ているバレリーナになれますようにと、心から祈った。

「あ、妹が文句いってる」

厨房の中から歩行器でよちよち歩いてきたおちびさんは絵本を手にして不機嫌な顔をし、おしゃぶりをくわえている。

「もう、見終わったの？」

ター坊がつまみ食いのクッキーをかじりながら言った。

「新しい絵本を読んであげなさい」

冨美子さんが、ター坊に言うと、

「こいつちびのくせにぼくをこき使うんだよ」

と、むくれた。

「この子、本さえ読んでりゃ機嫌がいいんですよ。将来本屋さんでも開店しかねないわ」

冨美子さんが言うと、

「あのね、ぼくはね、将来はとーちゃんの後を継いでケーキ屋さんになるんだ。それでね、たくさんたーくさん、この車を買うんだ」

ター坊は、ミニチュアカーを舞に見せてくれた。

「かーちゃん、ぼくね、幼稚園やめて明日からケーキ屋さんするよ、いいだろう、ね、お願い」

舞と冨美子さんは吹き出してしまった。

「それは早すぎるな」

源さんがばんじゅうを持って出てきた。

「舞ちゃん、ゾフィアさんはお元気ですか？」

彼も糊の効いた清潔な白の仕事着を着ている。

「あ、こんにちは。はい元気ですよ。たぶん。わたしも3か月ぶりに行くんです」

「そう、よろしくお伝えくださいね。焼きたてでちょうどよかった。ゾフィアさんはパイの端の部分がおいしいって言ってくれて、そこが少し焦げているものがお好きなんですよね。よかったら、焦げた部分の切ったものがあるから、お持ちください」

「ありがとうございます」

冨美子さんは、パイを袋に詰めながら、

「いつものように10枚を3箱でいいですか?」

舞に訊いた。

「はい、お願いします」

エッフェル塔の絵が描かれてあるセロファンの袋に一枚ずつ入れている。

丁寧に包装紙で包まれた箱を受け取り、舞は頭を下げた。

「ありがとうございました」

冨美子さんと源さんも深々と頭を下げた。

「また、おいでねー。今度はとーちゃんのベイクドゴーダチーズケーキも食べてねー」

ター坊がそう言って、店先で大きく手を振った。

この町も大江戸線ができてたくさんの人が遊びに来る。新しい店ができては消え、またできては姿を消していく。

その中で源洋菓子店はいつでもそこにある。

いつでも同じ味がある。華美に走らず地味にもならず、まじめないつもの味がある。

舞がこれから歩んでいく人生がどんなに変わろうとも、この店だけはこのまま変わらず時が止まってしまえばいいなと思うのだった。


通りを抜けて坂道を下りると風が吹き抜け、木々の葉のこすれる音が心を揺らす。

通いなれた道ではあるが子供の頃はもっと長い坂道だったと記憶していた。大人になると幼かった頃に見た場所が案外小さく見えるのは不思議な現象だ。

来月30歳になる。20代が終わりを告げるが、舞は10代が終わる最後の夏のようにまるでこの世の終わりが来るような気持にはならない。

高校を卒業すると大学に在籍しながら動物の保護団体の正式メンバーとして入団した。その世界は、今も解決しない問題が山のように蓄積されていた。その渦中で見たものは、すべてが当たり前のこととして処理され中途半端な解決に終わることだった。その問題を打ち破ろうとしても無駄だった。それらは改善されないまま放置されるのだ。それはそのまま、弱き者小さき者たちが犠牲となり、意見する者は権力という煙に巻かれてしまう。

それならば舞の活動には意味があるのか？　意味があろうがなかろうが事態は変わらず、目の前で動物たちは虐殺される。やりきれない気分で心がふさぎ、それでも毎日をやり過ごす自分がいる。

もう祈ることしかないのだろうか。いや、すでに世界は手遅れで祈ることさえ忘れているのかもしれない。

こうやって10年先、20年先、30年先に自分はいったいどこにいて何を思って生きているのだろう。舞の焦りは無視されて未来はまぢかに迫ってくる。

14歳の時に初めて訪れたドイツ。オーバーシェーネンフェルト修道院。そこでの1か月の生活が思い出される。

舞は修道院の日々を過ごすうちに自分の身体がまるで粘土の人形のように、目ができ、鼻が創られ、口が備わり、耳があてがわれ、身体が形となり最後に心を与えられ、自分という人間が地上に誕生したように感じた。それほどまでに修道院の静謐《せいひつ》な毎日は舞の心に浸透した。

あの歳から倍生きた今でもその思いは消えない。修道院で一日の始まりを祈りのために手を組み合わせ、自分の心と格闘しながら回心をするたびに、自分の肉体は神様からの借り物なのだ、と考えるようになった。それならばいつかはお返しをしなければならないのだ。美しい動物たちも神にお借りした肉体を返す時が来る。けれど彼らはかけがえのない命をもぎ取られるのだ。

ジャングルで見たトラの死体。

美しい毛は毛皮にされ、骨は漢方薬として高額で取り引きされる。海外での保護活動チームは、毎日が密猟者との戦いでもあった。この世界に野生のトラはもうわずか４千頭しかいない。

ジャングルの中で逃げ惑う動物たちの悲痛な遠吠えがキャンプ地帯に毎夜聞こえた。

舞は保護活動を続けながら毎年オーバーシェーネンフェルト修道院の修道女のもとを訪れていた。それはジャングルにうち捨てられた動物たちの死体を弔うためでもあったが、そこから遠ざかりたい気持ちもあった。団体本部があるスイスからドイツにある修道院に入ると、日本にいるときよりも気持ちが穏やかになった。

保護活動をして5年ほど経ち、密猟者たちの追跡や、川のほとりで腐れていく動物の死体からも原住民たちとの不毛な会話からも逃げたかった。舞は自分を弱い人間だと否定した。

ミサが終わり長い廊下を歩きながら、修道女は修道生活の歴史を語ってくれた。最初の修行者たちが祈りと静寂を求めナイル河畔の砂漠に庵を結び生活を送ったことから始まったという。それまでの変転きわまりない生活を捨てて砂漠へ向かった時、何よりも彼らにとって大切なのは去るということだったのです、と舞に教えてくれた。

舞はその話を聞き思わず、修道院に入所したい気持ちを打ち明けた。けれど、彼女は舞の心を見透かすように、「今はあなたの身近にいる方にお仕えなさってください。時が過ぎて今のお気持ちが熟されたときには、どうぞこちらにお帰りなさい」と答えてくれた。

今がその時じゃないかと舞は悩んでいる。

祖母に会う前にもう一度自分の気持ちを見つめるために、狸穴公園のベンチに腰を下ろした。風水の刻と名づけられた噴水からは、勢いのない水がしたたり落ちていた。花壇ではラベンダーが太陽に照りつけられ元気なくしぼんでいた。

修道院の広大な庭に咲いていたラベンダー畑の風景を思い出した。森に続く庭の中にある本屋、肉屋、パン屋の質素な建物も脳裏に蘇ってきた。それらはすべてシスターたちの手で賄われているのだ。

敷地内にはビアガーデンまであり、ドイツビールが棚に並んでいた。

種類も豊富でラベンダーの香りのするビールが舞は好みだった。

シスターがラベンダーの花言葉は、「沈黙です」と教えてくれた日も忘れられない。ラベンダーは小高い丘に何千本も咲いていた。

狸穴坂を上り、細長い私道を歩くとケヤキの木々に隠れるように、祖母の家がある。両開きの大きな錬鉄《れんてつ》門は開けられていた。玄関までの小径を歩いていると庭師のおじいさんが舞に気づき頭を下げた。

敷き詰められた芝生を歩くと脇道から伸びた小枝が腕に触れた。温室を通り過ぎ屋敷の玄関に着いた。

「グランマ、こんにちは」

舞はオーク材で造られた重いドアを開けた。

廊下の先の居間から話し声が聞こえてくる。

90歳を超えても、ひとり暮らしを続けている気丈な祖母は、若い頃から不動産を買い付け仕事に身を捧げてきた人だ。

お互いに気の強い母と祖母は意見が合わず、二人の間を取り持つように舞は祖母の家に顔を出していた。特に大きな病気もせず舞が訪ねると元気な顔を見せていた。けれど長年通っていたきみさんが3年前に亡くなってからは元気がないように感じる。今はきみさんの代わりに、家政婦紹介所から来るお手伝いさんに掃除や洗濯、食事などの家事をしてもらいながら暮らしている。

母は祖母のことは気にかけているが、祖母は自分のやりたいようにやる人なので、心配ながらも口を出さないようにしているらしかった。

「あら、舞、いらっしゃい」

ふり向いたグランマは髪をカラーリングしていた。

「こんにちは」

美容師の貴さんもこちらを向いた。

「貴さん来ていただいてありがとう。グランマ、また髪の色変えるの？」

薬剤の匂いが部屋に漂っている。

テーブルの上にパルメットの箱を置き、フランス窓の横にある椅子に座った。

「わたし、若い頃からいろんな髪色に染めてきたけど、カシス色には染めたことはないのよ」

「カシス色？」

舞は髪を染めることはしないので、なぜ人が髪を染めたがるのかわからない。

「これはパリの店から入ってきたばかりの新色なんですよ。もう夏も過ぎますしね、先取りで秋めいた色がいいとおっしゃるので」

貴さんは染め終わると髪をサランラップで巻いた。

「人間は動物ほど美しく造形されてないから、動物の真似をして楽しむのよ」

祖母の言うとおりだと舞は納得した。

ジャングルや標高の高い山で出会う未知の鳥や虫など、その羽のあでやかさや目の色彩は得も言われぬほどだ。

祖母はきみさんが生きていた時は二人で美容院まで行き、ふたりして髪を染めていた。

祖母はきみさんのことを妹のように思っていたのだった。

「貴さん、休みの日に悪いわね。よかったら洋酒を飲んでちょうだい」

マントルピースの横に巨大な酒のキャビネットがある。観音開きになった作りつけのもので、分厚い扉には葡萄の模様がところどころ彫り込まれてある。

「舞、お出しして」

「貴さん、どれにします？」

キャビネットの棚には、幾種類もの年代物のブランデーが並んでいる。

「いつ見ても圧巻だな。ヴィンテージばかりで。うーん、どれを頂こうかな」

貴さんは腕組みをして悩んでいる。

「アルマニャック・ド・モンタルはいかが？　それは私が還暦の頃のものよ」

貴さんは首を振り驚いている。

「それではそれをお願いします」重厚な瓶をとり出し舞がグラスに注ぐと深くて焦げたような葡萄の匂いがした。

「ゾフィアさんは酒でもドレスでも、宝石でも贅《ぜい》の限りを尽くしてこられたんですね」

貴さんがそう言って、一口ブランデーを口に含んだ。

祖母はそれを見て昔をなつかしむように微笑んだ。

舞は祖母の生い立ちをほとんど知らない。もの心ついた時には、この屋敷に来ては祖母と遊んでいた。ここにあるものの価値などわからないし、舞には宝石やドレスよりも広い庭で鳥の観察をするほうが楽しみだった。

祖母はドイツ人の父と日本とフランスのハーフである母の間に生まれた。

１９３０年代後半のフランスは社会情勢が混乱を極めていたため、日本にいる母方の家に母親と移り住んだ。父はそのままドイツの兵役に取られ戦地で死んだ。

その頃の日本も第二次世界大戦が始まり、身を隠すようにフランスと日本の血を引く母と娘は暮らしていたそうだ。祖母は日本人らしく髪を黒く染め、外には出歩かなかった。天皇の玉音放送を聞いて戦争が終わったことを知った時、国民がラジオに向かって頭を地面にこすりつけているのが不思議な光景に見えた。15歳の少女は、心の中でこれで自分の髪の色に戻れると嬉しかった。

「わたしね、日本に移住して遊んでたわけじゃないのよ」

祖母は、舞にシェリー酒を頼んだ。

祖母は戦後、フランス語、ドイツ語、日本語を話せるマルチリンガルとして複数の企業の発展に手を貸してきた。

「わたしは日本が急成長していくなかで通訳者として戦後の企業の発展をかたわらで見ながら、政治家や資本家のお手伝いをしてきた。日本の復興は目をみはるものがあった。その時にふと思ったの。これからは土地だ、って。今所有しているビルだって、その時に安く売っていた土地よ。銀座は特に人気があったけれど、丸の内は銀座から離れているから、坪単価も安かったの。それに親しくしていた方からの情報で東京駅が建て替えられたら、この場所も必ず発展すると教えられた。大手企業もすでに土地を買っていたわ。私もそう思ったから、焼け野原になった丸の内を買い求めたのよ。それもまだ19歳の小娘がよ。土地を安く買って値が上がると転売した。それからは焼け野原になった神田や芝あたりを買いあさったのよ」

「そうですか、先見の明がおありになったんですね」

貴さんは感心している。

「それぞれの土地にご愛着があるでしょうね」

「そうね、でもどうしても手に入らなかった場所があるのよ」

ゾフィアは思わせぶりに窓に目をやった。

舞も貴さんも視線の先を追いかけた。

「もしかして、東京タワーですか？」

貴さんは驚き舞の顔を見た。

「わたしも初耳よ。えっ、グランマどういうこと？」

舞が尋ねるとゾフィアはクスッと笑い、肩をすくめた。

「今日は気分がいいから昔話でもしようかしらね。今タワーがある場所は増上寺の敷地内だったのよ。舞も知っているように、わたしの父のお骨は増上寺にある。父はドイツ人、母はフランスと日本のハーフだったから、敵対しあう国の夫婦だったわけよね。父はドイツ人として兵役に取られたから、母とわたしは母の実家のある日本に逃れてきた。父は戦地で亡くなり、戻ってきたわずかな遺骨を母が引き取り増上寺に納骨したのよ。ドイツでもなくフランスでもなく日本の寺に自分の骨が納骨されるなんて、父も天国で驚いているわよ。だから私は増上寺が敷地を売り出したときに父のそばにいたいと思い、あのタワーの建つ土地が欲しかったわけ」

「ゾフィアさんでも手に入らなかったのですか？」

貴さんがすかさず質問した。

「一度は購入したわ」

「一度って何？」

舞も興味が湧いて尋ねた。

「売っておきながら、タワーが建設されることになったものだから、また買い戻されたというわけ」

「それじゃ、グランマが拒否したらよかったのに」

「そうね。そういう選択肢もあったかもしれない。でも見てよ」

祖母はタワーを見ながら、

「あんなに素敵なものはないわ。世界中から彼女に会いに来るのよ。あそこに昇ればみんな平等で、自由で、国の隔たりさえないのだから」

祖母は満足げにタワーに視線を戻した。

「ふーん。その時はグランマのママはまだ生きていたの？」

舞は、今まで訊けなかった質問を口にした。

「そうね、まだ生きていたわよ。でも娘が土地を買っているなんて思わなかったと思うわ」

「早く亡くなったのよね」

「60代で亡くなったの。ずいぶん長い間わたしと母は日本で暮らしていたのに、いつも思い出すのは子供の頃母と眺めていたエッフェル塔からの灰色の暗い風景なのよ」

「その頃のパリはドイツの侵攻におびえていた頃ですね」

貴さんは、ブランデーを飲み終わると祖母の染め上がりをチェックした。

「そうなの、行く場所がある人はパリから逃げだしたわ。わたしも母も知りあいを頼ってリヴィエラで暮らしたことがあるの。紺碧の海はあまりにもきらきらして笑ってしまうほどだった」

「そうですか。幼い頃からいろんな街にお行きになったのですね」

感慨深そうに貴さんが祖母に言った。

「逃げ惑う人生だったわよ」

祖母は椅子から身体を起こそうとした。

舞は祖母の手を取り、洗面所に移り、彼女のために作られたシャンプー台に寝かせた。

「シャンプーされるのは気持ちがいいわ」

「今日はスズランの香りのシャンプーです」

貴さんがシャンプーを持ち上げた。

「ミュゲね。フランスでは5月1日がスズランの日なのよ。春の訪れの意味もあるんだけど、幸せを分かち合う日なの。その日はすずらんをまわりの人に差しあげたり、頂いたりしていたものだわ。スズランは花の形がかわいいでしょ。だからマリア様の涙ともいわれているのよ」

祖母はスズランの香りの中でうっとりと目を閉じた。

舞はその間に庭に出て散歩をした。

グラジオラスの花がまだ元気に咲いていた。手を伸ばそうとしたら花の中からネコが飛び出してきた。

「わー、びっくりした」

舞は後ずさった。

薄汚れたネコは、申し訳なさそうに舞を見て、

「にゃおーん」と挨拶するように鳴いた。

「こんにちは。あなた、花の中でお昼寝してたの？」

ネコは花びらを身体中につけていた。

頭の上の花びらの塊がティアラのようでかわいかった。

「どうしたの？」

部屋からグランマの声が聞こえた。

舞はネコを抱き上げ部屋に入った。

「あら、お客さんが来てたのね」

祖母の髪は、ほのかなカシス色に染め上がっていた。

「グランマ、素敵ね」

舞は言った。

「ありがとう」

大きな鏡の中の祖母は嬉しそうに礼を言った。

「この子は初めて来たの？」

祖母の庭にはネコはもちろんのこと鳥やカエル、ヘビ、カメなどが迷い込んでくる。数年前にはサルが敷地内に入ってきた。雌ザルは麻布界隈を走りまわり、電信柱に登り、電線の上を伝わり、町中を練り歩いた。それはニュースにもなり、最後は捕獲され名前も麻美ちゃんと名づけられた。野生に戻るのは無理だろうとの見解から高尾山のさる園に連れていかれたが、なかなか群れになじめず、ぽつんと退屈そうに佇んでいる姿がテレビから流れていた。

祖母は、手を伸ばしてネコを受け取った。

「いらっしゃい。まあ、花びらをまとって花の妖精みたいね。この子は新顔さんよ」

ネコは、撫でられるとぐるるーと鳴いた。

「ずいぶん汚れてますね」

貴さんも覗きこんだ。

彼はダンスをするようにリズムをとりながらハサミを動かしている。カットするたびに祖母は気持ちよさげにしている。

「グランマ、洗ってあげたいんだけど」

「それがいいわ。すずらんのシャンプーでね」

舞は、ネコを抱きバスルームに向かった。


部屋に戻ると、グランマはフランス窓の前に置いてあるソファに横たわっていた。

「思い切り短くしてもらったのよ。似合うかしら」

祖母は舞に訊いた。

「うん。とてもエレガントよ。グランマは色が白いからカシス色の短い髪がよく映える」

舞は、祖母が歳を重ねるたびに、写真で見たことのある祖母の母親に似てきたと感じる。

ソファの横に座り、ドライヤーの電源を入れた。

「きれいになったわね」

バスタオルの上で白ネコは嫌がりもせずドライヤーの風を受けている。

「このネコ、女の子よ」

舞が言うと、

「そうみたいね。ドライヤーにも慣れているしおびえている様子もないから、家ネコさんが迷い込んだのかしら」

白ネコは温風を受けながらうつらうつらしだした。シャンプーを終えると毛並みは柔らかく艶があり、人の手で手入れがされているのを感じた。ブラッシングすると手に吸いつくようになじんだ。

「お腹はすいてないのかしら。白身のお魚ならあるけれど」

祖母が心配した。

「もし家ネコさんなら、飼い主が食べ物にも気を配っているかもしれないし、アレルギーとか持っていたら簡単には食べさせられないわよね」

祖母は悩んでいる。

「白身をボイルして少しあげてみようか？」

舞はキッチンへ行き白身をボイルした。小さく身をほぐし、水と一緒に持ってきた。

ネコは寝ていたが匂いに気づきうす目を開けた。顔の前に水を置くと立ち上がり勢いよく飲んだ。その横にある魚の匂いを嗅ぐとお腹がすいていたのか残さず食べた。食べ終わると祖母と舞の顔を代わる代わる見ると、毛づくろいを始めた。

「この子、どうする？」

舞が祖母の顔を見ると、

「どうするっていってもネコ次第よね」

白ネコは毛づくろいが済むと部屋の中を歩き回り、本棚の匂いを嗅ぎ、テーブルの下を歩き回り、窓際の一人掛け用のチェアに飛び乗り、ふかふかのひざ掛けの上で眠った。

「どうやら、お昼寝の時間みたいよ」

祖母はそう言うと疲れたのか目を閉じた。

舞は祖母に話すタイミングを失い、目が覚めるまで待つことにした。静かにドライヤーとバスタオルを片付けた。

重厚な家の作りは外の気配を感じとることがない。時折小さな声でヒヨドリが鳴いているのが聞こえるだけだ。

鳥が羽ばたく音が聞こえ、それが去ると静寂がこの家を包む。

白ネコのかすかな寝息が聞こえ、柔らかなお腹はかすかに上下に揺れている。

横たわる祖母の寝顔を見ていると、まだ決めかねてはいるが、スイスでの活動や修道院での生活を選ぶならもう祖母とは二度と会えないのだろうなと思った。

呉服屋の店を持ちたいと娘に言われその願いを叶え、自分は貸しビル業に専念していた。80歳で現役を引退した94歳の勝気な祖母が、父のそばにいたいからとタワーの土地を購入していた話を聞くと、祖母の寝顔が幼く感じられた。祖母の少女時代は戦争で、追われるように毎日を過ごしていたんだと思いながら、細い肩に毛布を掛けた。祖母には頼れる人はいたのだろうか。きっと戦後の動乱の中で一人で人生を歩んできたのだろう。

日本に来てから80数年。祖母は一度も故郷には帰らなかった。

舞は、自分の故郷はいったいどこなのだろうと思えてくる。自分のルーツはどの国になるのだろう。

ソファに横たわるシフォンのロングワンピースを着て眠る祖母には、多国籍の血が流れている。ドイツ、フランス、日本、祖母のルーツをさかのぼると、人間のブラッドライン（血統）の多様な遺伝子が祖母にも、そして母や舞にも流れているのだ。透き通るような白さの祖母の寝顔を見て、自分の出生の複雑さを感じた。大時計が５時を告げると外から時を知らせる音楽が聞こえてきた。

祖母は寝返りをうち、夢でも見ているのだろうか、何かをつぶやいた。しばらくすると目を開け、フランス窓からぼんやりと見える雲に囲まれた東京タワーに視線を向けた。雲はタワーのオレンジの光で染め上げられていた。

「グランマ」

舞は声をかけた。

祖母は舞に気づくと、

「すっかり寝てしまったのね」

手を添え身体を起こした。

「夢を見ていたでしょ？」

舞は笑いながら言った。

「どうして？」

「寝言をつぶやいていたから」

「あらそう、いったい何語でつぶやいていた？」

「うーん、短くてわからなかったけど、たぶんドイツ語かな」

「そう……」

祖母は片手で頬を押さえ首をかしげた。

「どうしたの、グランマ？」

「舞、わたしはもういくばくもない命でしょ。今死んだっておかしくない。長い時間を生きてきたわ。最近よく夢を見るのよ。わたしは草原を歩いているの。どこを目指して歩いているのかしら」

「故郷なのかな？」

「わたしの故郷ってどこ？」

祖母は小さなため息を漏らした。

「ドイツ？　寝言でつぶやいていたから」

舞は祖母の気持ちを察しながら答えた。

「夢の中では潜在意識が強く出るらしいのよね」

「そう、だから舞に訊いたのよ。ドイツ語ねぇ」

祖母は手にアゴをのせ考え込んでいる。

舞はお茶を入れるためキッチンへ行った。

祖母が自分と同じように、故郷というものについて思いをめぐらしているとは思わなかった。

棚の中には、カフェインレスのドイツコーヒーやフランスのフレーバーティー、京都の煎茶、抹茶など様々な国のものがあり、それはそのまま祖母の人生の迷いを映し出しているみたいだった。

舞は、カモミールティーを選んだ。

「お茶にしない？」

祖母の前にカフェテーブルを運びカップをのせた。

「ありがとう」

祖母の背中にクッションを当てた。

パルメットを渡すと、袋に描かれているエッフェル塔を手でさすっている。

「わたし、寝言では日本語をつぶやいているんじゃないかって思ったわ。けど……」

袋からパイを出すと祖母は香りを楽しんだ。

「ドイツには幼い頃に森で遊んだ記憶しかないわ」

祖母はつぶやいた。

舞は、修道院の広大な敷地の中にある森を思い出した。祖母に話を切り出すタイミングが来たと感じた。

「グランマ、わたしもうすぐ30歳になるのよ」

大学を卒業してからあっという間だった。

「もうトランタンなの！　この前生まれた気がするのに。これから世の中を動かす年齢に舞がなったのね」

祖母は、舞に微笑んだ。

「ありがとう。でもわたしとても悩んでいるの」

孫が30歳になり喜んでいる祖母に重い話をするのは気がひけたが、舞は相談することにした。

「わたしが30歳になったら、呉服屋の後を継いで結婚してという話を覚えてる？」

「ええ、覚えているわよ。その発想はエマらしいわね」

「わたし、ママがどうしてあんなに家庭に執着するのかわからない」

母のエマは、自分の父親を知らない。

エマは、祖母とフランス人の恋人との間にできた子供だ。そして祖母は未婚のまま母を育てた。母は、見るからに父親似なのか、外見はフランス人にしか見えない。フランス語を話せるのに日常生活においては話すことはない。フランスの観光客が着物を求めに来ると、フランス語で接客はしている。大学を出ると着物の会社に就職し、祖母の生き方に反発するように、日本の男性を伴侶にした。

「わたしみたいになりたくないのよ」

祖母が言った。

「だから舞には、現実に根を張って温かな家庭を作り、平凡な幸せを築かせたいのよ」

祖母は自分を責めるような表情で答えた。

「わたし、あの店を継ぐ気はないの」

舞が唐突に言い切ると、祖母はしばらく静かに考えていた。

「エマには話したの？」

「今夜話そうと思う」

舞はこれから自分がどこへ向かうのかわからなくなっていた。

「決めていたことがあったの。それは動物たちのために自分の人生を使いたいって」

舞は断片的にしか今の自分の気持ちを説明することができない。

「それに結婚する気もないの。恋愛に興味が持てない。心も肉体も」

祖母は、口を挟まず舞の話すことを受けとめている。

「グランマが故郷がどこなのだろうと考えるように、わたしも自分の居場所がわからない。これからの人生を過ごしていく場所はどこなんだろうかって……」

誰にも言えない気持ちは祖母なら理解してくれるだろう。

「舞は、動物の保護活動をしているわね」

「うん、その気持ちは持ち続けている。だけど、それは団体としての活動で、わたしは組織のただの一員にすぎない」

「何か納得のいかないことでもあるの？」

祖母がティーカップを置くと白ネコが耳を立てた。

「ナイル川でワニの密猟者を偵察しに行った時、ジャングルの奥地に住む先住民の家にお世話になったことがあるの。その家では迷い込んだセンザンコウを保護していた。センザンコウは世界でも密猟される数が多いのよ。食肉や漢方薬として高額で取り引きされるから。その夜、家族の人たちはわたしたちに精一杯ごちそうをしてくれたの。歌を歌ってくれたり、ダンスを披露してくれたり。わたしたちの活動に感謝してくれているの。でも、もてなされた夕食はセンザンコウの肉だった。先住民の善意にどう感謝すればいいのかわからなかった。それに、密猟者だって自分の家族たちとの生活がある。飢えた幼子に食べ物を与えたい。だから生活のためにやるしかないのよ。他に仕事がないんだから。逮捕された人たちはそう言って怒りをあらわにするの。ねえグランマ、世界の果てには絶壁があって、そこからストンと落ちた人をたくさん見てきた。この秩序のない世界とつながるには、組織の一員としてわたしが消費されるんじゃなくて、個として関わり合いを持つべきなんじゃないかな」

「自分の納得のいくやり方で？」

舞の気持ちを察するように尋ねた。

「修道院に滞在していた時、シスターに入会したいと告げたら、まずは目の前の人を幸せにしていらっしゃい、と言われたのよ」

舞はシスターの話を祖母に打ち明けた。

「わたしは、母も父もグランマも幸せにしていない。それなのに世界を回って保護活動している自分に疑問を感じだした。そして、来月30歳を迎える日が来る」

舞は、開け放たれた扉から庭のテラスに出てガーデンチェアに座った。

「わたし、いったい今まで何をしてきたんだろう」

カラスが塀の上からこちらを見ている。一度舞がオレンジを半分に切り、そこに割りばしを刺して土の上に立てたことがあった。カラスはそれを覚えているのだろう。舞に向かってしきりに鳴き声を立てている。

「舞、わたしが俳句をたしなんでいるのを知ってた？」

祖母は舞の憂鬱を祓うように明るく話しかけた。

「グランマが俳句？」

「そう。わたしが還暦を過ぎてからかしら。わたしの故郷の一つである日本の俳句に興味を持ったの。短い字数で人生を表現するのは面白かった。その頃は60歳になるともう老人の入り口という風潮よ。今のように１００歳まで生きるのが当たり前になるなんて想像もしなかった。わたしはその時思ったの。これからの残りの人生はおまけの人生だって。今は還暦を超えてもみな若々しくて、そこからが第二の人生が始まるといわれているけど、わたしは戦争を体験してるから、生きてること自体が奇蹟のように感じる。今日までよくぞ生きながらえた、と思うわ」

「今の心境を俳句にしたらどうなるの？」

舞は雲がカリフラワーのように広がる空を見ながら、祖母に尋ねた。

「そうねえ……」

東京タワーの光は雨雲をますますオレンジ色に染めている。

祖母は誰かに話すようにつぶやいた。

「逃げ水や遠ざかるものみな恋し」

薄曇りの空から小雨が降ってきた。

「辞世の句として、舞、覚えていて」

祖母は微笑んだ。

「やだ、そんなこと言わないでよ。わたしも詠むわ」

舞は、辞世の句などと言われて思わず泣きそうになるのをこらえて、

「う〜ん、そうだなぁ……。よし、できた。ところてん逃げて思ひのまたゆらぐ」

舞は照れ隠しに笑った。

「いいわー、舞。筋がいいわよ。夏の季語も入れてあって」

祖母は嬉しそうに手を叩いた。

「ところてんが食べたかっただけ」

二人で笑った。

白ネコが目を覚まし祖母の膝に飛び乗った。

「あら、起きたのね」

ネコは、にゃおおーん、と鳴いて祖母の胸に顔をこすりつけた。

「グランマ、気に入られたみたいね」

「それなら嬉しいわ。この白ネコさんは若く見えるけれど、わたしと同世代じゃないかしら」

祖母はネコの身体を点検するように手足や身体、お腹を撫でた。

「どうしてわかるの」

「目が白内障になって白く濁っているし、動作がゆったりとしてる」

「そういえば、白濁しているわね。でもきれいな金色をしてる」

「しばらくうちにいるつもりみたいね」

白ネコはお腹を見せてゴロゴロとくつろいでいる。

「舞、思いがまたゆらぐ、って何か考えていることがあるの？」

舞は小雨に濡れないように部屋に入った。

「うん……、頭から離れないことがあるの」

「それを話しに来たんでしょ」

祖母はわかっていた。

「わたし、修道院のことが忘れられないの」

舞は、祖母のソファに座った。

「俗世間が嫌になったとか、逃げる気持ちではないのよ」

「修道院は逃げ込むところではないわ。むしろ自分と戦うところよ。秩序正しい戒律と沈黙、奉仕。そして祈り。舞は滞在していたからわかっていると思うけれど」

「うん。厳しいところだった。まさしく自分自身と戦うところだった。わたしは沈黙との戦いは初めてだった」

「舞は祈ることで世界とつながるの？」

「まだわからない。これからどこへ行けば自分が生かされるのか」

舞は、来年の今日はいったいどこに自分はいるのだろうと考えをめぐらした。

「わたしもいまだにどこの誰なのか、鏡に映る自分の瞳の色を見て不思議に思うの。長年日本にいるのになんだか仮宿みたいな気がしたり。フランスにいた頃の子供の時の記憶や、ドイツの森のなかで父と遊んだことや、いろんな記憶がごちゃ混ぜになって、その記憶さえも曖昧になってきて、そのくせ生まれた時から日本にいるような、もう現実と記憶の狭間《はざま》で暮らしているようなものよ。いったい自分の居場所はどこなんだろうと考えてしまう。結局今住んでる場所が故郷なんだと思えばいいと思ってみたりね。それでも夢の中にはどこかしらの国の場面が出てくるのよ」

「グランマの年齢になっても、自分にとっての故郷がどこなのか答えが見つからないの？」

「ええ、ますますわからないわよ。わたし達にとってすべての大地が故郷なのかしらね」

「わたしも自分がどこの国の血が自分にあっているのか、どこの国の血が本当の自分なのかが知りたい」

「クオーターである祖母のわたしをブラッドルーツにするなら、舞には16分の1の外国の血が入っているの」

「16分の1！」

舞は改めて自分の血の多様性に驚いた。

「舞、修道院の話をしてくれてありがとう。しっかりと受けとめたわ。けれど、まだあなたには迷いがある気がする。というか、熟してないように思うわ。結婚の意思もないことも店を継ぐ意思がないことも了解した。もしもよ、結婚への気持ちがないことがデリケートな問題をはらんでいるとしたら、あなた以外には決定権を持つものは誰もいやしないわ」

白ネコはいつのまにか前脚をきちんと揃えて座り、二人の話を聞いている。

「舞、あなたには世界中を歩いてまだ見たことがないものや、動物たちの声を聞いてきてほしい。世界中に散らばった悲しみと、あなたの16分の1のかけらを探しながら旅をしてほしいわ」

祖母の言葉が静かに舞の胸に響いた。

その時雷雲がとどろき勢いよく雨粒が降り注いできた。

「すごい雨」

舞は窓を閉めに立ち上がった。

老嬢は骨ばった手でシェリー酒をグラスにつぎ、窓の外を眺めながらささやいた。

「夏の嵐だわ」

エピソード3　禊ぎ

久しぶりの山歩きは七央にとって過酷なものになった。

目的の場所は気軽に山登りを楽しむようなハイキングコースとは違った。明けきらぬ薄暗い林道を一寸先が見えぬまま歩を進めるのは初めての経験だった。かっちゃんは慣れたもので、枝を手で押さえながら七央の歩く道を確保してくれる。七央は常に安定した精神と体調をモットーに生きてきたので、想定内の世界からはみ出すことは恐ろしくてたまらない。いくら愛するすずこのためとはいえ、一刻も早く引き返してしまいたい。

「かっちゃ〜ん、旅館の前の川もきれいなんだからさー、そこで石を清めることにしようよ」

七央は頼りない声を出した。

「ここまで来たんだ。頑張りな」

迷いなく確かな歩幅で歩いていくかっちゃんは、頼もしかった。

頑丈そうに見えるが、彼は子供の頃ぜんそくだった。生まれた家が山の中にあり、電気や水道管もなく、それらは出入りの職人たちが引き込んでくれた。山での生活は不便だったが、それが当たり前だったので不満は感じなかった。

いつも大勢の職人や、父の知り合いが囲炉裏を囲んでいた。彼らは夕方５時になると仕事をやめ、晩酌を始める。そんな時にかっちゃんにいろんな技術を彼らは教えた。子供の頃から手先は器用で、５歳の時に木の枝でパイプを作ったのが彼の初めての作品だった。嬉しくてどこにでも持ち歩いていた。

旅館は家族だけで切り盛りしていたので、かっちゃんも子供だからといって遊んでいるだけではなかった。草刈り鎌も器用に使い、刈られた草を小屋に運び、太陽が照りつける日も肌を刺すような寒さの中での雪かきも、確実にこなしていた。道具の手入れも職人たちの手さばきを見よう見まねで覚えた。

迷子になった動物たちの世話をして、また野性に還すことも彼の日常だった。中学生になると近くの森で木を切り倒し材木にしては、傾いた小屋の支えにするのもお手のものだった。

家の手伝いをするのが当たり前の毎日だったが、そのおかげで料理、掃除、家のしつらえ、大工仕事、できないものはない。

大学生活は楽しかったが、都会で暮らすのは性に合わなかった。山の緑、川のせせらぎの音、動物たちとの触れ合いから切り離され、自分は下界での生活がなじまないと強く感じた。時折、無性にサルが見たくなることがあった。そんな時は動物園に行っていた。そこには100歳近い雌ザルがいた。彼女は自分と気のあう親戚ザル数匹と一緒に別棟で暮らし、飼育員さんに大切に育てられていた。

エサの時間には、食べながら寝てしまい動作が止まる。すると親戚の婆様ザルたちが、彼女のまわりを囲んで心配そうに様子を伺っていた。そして彼女が目を覚ましエサを食べだすと自分たちもそれぞれの場所に戻りエサを食べていた。

100歳サルはまた寝る。婆様ザルたちはまたそばに来て、じーっと様子を伺う。それが何度も繰り返され、そのたびに心配そうに100歳サルに駆け寄ってくる親戚ザルの姿には胸を打たれた。

伝統のある後楽館を自分が引き継いでいくのを悩んでいたが、その100歳サルと婆様ザルたちの家族の姿を見て、サルたちと暮らしながら、江戸時代から続く旅館を守っていこうと決心した。

美枝さんと知り合えたことも大きかった。

彼女は後楽館のお客様だったが、お互いの大学が近くにあることがわかり、やがて交際するようになった。

まさか、お嫁に来てくれるとは思わなかった。旅館は代々婿取りだったので、美枝さんは100年目の嫁として話題になったものだった。知的な彼女は英語も堪能で、イギリスやアメリカからサルの研究のために来日する学者たちも、長年美枝さんが手助けをしている。

「かっちゃん、もう少しゆっくり歩いてよ」

七央は息を切らしながら言った。

空気は冷たく澄み、今自分が標高何メートルの高さにいるのかわからないが、耳が詰まってきたことで高地に来ていることを悟った。

「ペースは落とせないんだ。俺の歩くリズムをクマが覚えていて、リズムがちがうと警戒するから」

「えー嘘でしょ、ねえ、もう帰ろうよ」

七央は子供のように言った。

かっちゃんの指示にはさからったことがない。骨身を惜しまず山で働き、野生動物とともに生き、誰よりも山を愛している。そんな男の言葉には真実がある気がするからだ。けれどクマには会いたくない。

七央は「俺はフツーに生きているだけ。むずかしいことは考えないのよ」と、かっちゃんの口癖を言ってみるが、日常生活でクマに会うのはフツーに生きていることにはならない。

「よし、夜が明けるぞ、懐中電気を切りな」

朝日が樹々の葉を照らしはじめ徐々にまわりの景色が浮かび上がると、霧がうっすらとかかっていた。

道はますます狭くなり、この先にも続いているのだろうかと思うほどだ。しばらく歩くと、行き止まりだった。

「ここが目的地？」

七央は絶壁から下を眺め、身が縮んだ。揺れ動く霧のすきまからマッチ箱のような家々が遠くに見えた。

まわりの林は杉の木がすきまなく立ち並び入る余地はない。

「かっちゃん、木を切り倒しながら進むの？」

七央はこれ以上進みようのない場所でまわりを見渡した。

かっちゃんは、リュックから分厚い手袋と小さなライトがついたヘルメットを出し、一組は七央に渡した。手袋はロッククライミング用の頑丈なものだった。

「七央、こっち」

かっちゃんが、指を差した。

「はあー！　これ登れっての？」

そこは急な傾斜に足場の悪いいびつな岩場が待ち構えていた。

「ここ？　やだよ。俺無理！」

見上げると、ほぼ地面から直角だ。

「崖から落ちたらどうすんだよぉー」

七央は、足が震えてきた。

「まんなかを登るから大丈夫だよ」

かっちゃんは訳のわからない説明をして鼻歌を歌っている。

濃霧が崖に渦巻いて頂上までの高さが全く読めない。

「すずこへの気持ちはどこに行ったのですかねぇ」

かっちゃんは、目を細めて七央を見た。

「いや、それはその……」

「いやならやめれば」

無理強いしないのがかっちゃんのいいところだ。

「い、いや、その、登ることにする！」

七央は冷や汗をかきながら手袋を勢いよくはめた。ヘルメットをかぶると出陣の雄叫びを上げた。

「よっしゃー、登るぞおー」

威勢はいいが、身体が寒さと恐怖で固まっている。

「はぁ、そーお。じゃ登りますかね」

かっちゃんは露で濡れている岩に、よっこらしょ、と一歩足をかけた。

「七央、ゆっくりな。一歩ずつ確実に足を岩にのせて、安定したら次の一歩を動かすんだよ」

七央はそのとおりにするのだが、足の裏が岩の上で滑る。

「俺の置いた岩の上に足をのせな」

「霧で見えないんだよぉー」

半泣きの声が情けない。

「ヘルメットの電球をつけないからだよ」

七央はヘルメットの懐中電灯のスイッチを押した。

上に登るたびに霧が深くなるが、電灯のおかげで足場の位置が見えた。風が吹くたびに身が凍る思いがする。下界は夏なのを忘れてしまうほどだ。

七央はときどき麻布十番にあるロッククライミング教室に通っていて、インストラクターからも褒められていたが、現実の状況では歯が立たなかった。目の前の岩に集中しすぎて、どのくらいの時間登っていたのかさえわからなかったが、少しずつ慣れてきたのでかっちゃんを追い越したくて、足場を高い位置にのせようとした。

「あっ」

足場が滑り身体が宙に半分投げ出された。七央の右手は岩場をつかんでいたので必死で握りしめた。

「かっちゃ～ん、助けてええー」

懐中電灯の明かりが下界の景色を映し出した。

「高すぎるよお～」

目がくらんだ。右手の力も尽き果てた。これで最後になると思うとネコたちの顔が次々と浮かんだ。

その時かっちゃんの手が上から伸びてきた。七央が左手を上げると、グイっと強い力で上に引き上げられた。勢いあまって七央は前につんのめり、柔らかな土に顔がめり込んだ。

「なにやってんのよ」

かっちゃんが呆れた声で言った。

「あー、助かった。死ぬかと思った。かっちゃんを追い抜いてやろうとおもったんだよぉ」

四つん這いの姿勢から立ち上がることができず、まだ足ががくがく震えている。顔を上げると、そこはさらに濃霧が流れていた。

都会で見る霧は排気ガスで汚れ灰色をしているが、ここの霧は濃い純白だった。

濃霧は風が吹くたびにゆらり、ゆらりと形を変えながら七央の目の前で蠢いている。

空気は冷凍庫に顔を突っ込んだ時のように、キンとしているが、生い茂る木の葉の匂いと、それに混ざってマツタケのようなキノコの匂いもしてくるのだった。

「七央、自然界の中で己を過信するな。ここからは俺のベルトをつかんで歩幅を合わせて歩くんだ」

「わかった。ごめん」

七央は腰のベルトをつかみ、二人は一心同体で歩いた。しばらく歩くとせせらぎの音がした。

「あ、かっちゃん、ここで清めるんだね」

七央は目的地に着いてほっとした。

「ちがう」

「えっ！」

「さらに上」

「もぅー、まだ上があるのぉ？」

「できるだけ天に近いところがいいんだろ？」

「うん、まあ、そうだけどさ」

七央は、ほんとにこのまま天に昇るんじゃないだろうかと思えてきた。

耳がキーンと詰まり、空気はますます薄くなってきた。歩くたびに小石がゴロゴロと足にまとわりつき、かっちゃんの後ろにぴったりとくっついていなければ自分がどこに向かって歩いているのかわからなくなる。しばらく渓谷を歩いた。登り坂はどこまでも続き、時折聞いたこともないような野鳥の鳴き声が聞こえた。渓流の音はせせらぎから、少しずつ力強い音に変わった。

「よし、ここまで来ればいいだろう」

倒木の前で止まった。

「少し休憩だ。はい、そのまま腰を落として」

かっちゃんは同時に腰をかがめ、七央を太い幹の上に座らせた。

「はー、お腹がすいた」

彼は、大きなおむすびを七央に手渡した。

霧の中で食べるおにぎりは見えないが、ごま油で炒めた甘辛いしめじが入っていておいしかった。

「かっちゃん、ここによく来るの？」

「うん、来るよ」

「きのこを採りに？」

「うん、それもある」

「それ以外は？」

「俺の桃源郷。俺だけが知っている、行って帰ってくることができる場所」

「ふーん。たまには都会で遊んだり、旅行に出ることはしないの？」

「考えたこともないよ。ここ以外、俺の居場所はない」

かっちゃんが、話しかける七央をふいに止めた。

「そのまま動かないで。糞のにおいがする」

小声で言った。

「糞？　誰の？　まさか、クマ……」

七央は驚き腰を浮かせた。

「動くな！　クマは俺とわかれば立ち去るから」

七央は動悸が激しくなった。

渓流の音に意識を向け、呼吸を整え気配を消そうと努めた。

しばらく静寂と緊張が場を包みこんだ。クマの姿は濃霧で見えないが、野生動物の独特な匂いが強く鼻を突く。かっちゃんが、どのくらいの至近距離でクマと対峙しているのかはわからないが、かすかにカサカサと枝を踏みしだく音が聞こえてきた。立ち去ってくれたのだろうか。

それからさらに、渓流の流れを聞きながら二人は静止していた。しばらくすると空気が変わった。クマの放つ匂いは消え樹木の匂いがあたりを包んだ。張りつめた空気がやわらぎ、

「七央、彼女は立ち去った」

かっちゃんは、安心したのか水筒の茶を飲んだ。

「ふーっ、長かった」

30分は過ぎていただろう。

「久しぶりに遭遇したよ」

彼はふっ、と短く息を吐き、かっちゃんの緊張もゆるんだ。

七央は、冷や汗が脂汗に変わり腰が抜けたように地面に座り込んだ。

「さっき命拾いしたばかりなのに、またもう終わりかと思ったよ」

「はは、大げさだな」

かっちゃんはまたおにぎりを食べだした。

「いや、死んでもおかしくない場面だよ。人間これが最後と思ったら、走馬灯のように子供の頃から現在までの思い出が一瞬にして浮かんでくるんだね」

今まで暮らした愛らしいネコたちの顔や、母や妹とスケートをしたことや、ばあちゃんがカラオケで歌う姿や、マッサージ師としての初めての施術などの風景が七央の目の中にチカチカと猛スピードで映し出された。

「なぜメスとわかるの？」

「前回会った時は、子グマと一緒だったからね」

「かっちゃんとわかるのは匂いなの？」

「そうだよ。この場所に来る人間は俺しかいないからね。とにかく俺はじっとして、クマが俺とわかり立ち去るまで辛抱強く待つのさ。俺は危害を加えないとわかっているので認識するまで動かないことにしている」

かっちゃんは立ち上がり歩き出した。

「もうすぐ霧が晴れる。先へ進もう」

「かっちゃん、立ち上がれないよ」

「え、腰が抜けたの？」

「うん」

「しょうがないなぁ」

かっちゃんの手につかまって立ち上がり腰をさすった。

「歩けるかい？」

「うん、なんとかね」

七央はセルフケアで腰のツボを押さえた。

ヴェールが少しずつはがれていくように、渓流の姿が見えてきた。歩を進めるたびに川の音は荒々しくうなっている。水しぶきが七央の顔に飛んでくるたびに身が冷える。

「着いたぞ」

かっちゃんの足が止まった。

そこは、滝だった。

霧の中で滝の頂上は見えないが高さがあるのだろう、水しぶきが川に落ちて泡になって砕け散っている。

かっちゃんは、リュックから白い布を出し、

「はい、ふんどし」

七央に渡した。

「な、なんで？」

「それ、美枝さんが昨日縫ったんだ」

「あ、ありがとう。いやいや、それどういうこと？　意味わかんないけど」

まっさらな白い布を渡されて困惑した。

「滝に打たれなさい」

ガーッという滝の音が耳に響く。

「ぼくが？」

「そう、ぼくが」

かっちゃんは、すばやく服を脱ぐとすでにふんどし姿だった。

「ふんどしで？」

七央は己のキャパシティをすでに超えている。

「ふんどしこそ、伝統ある禊《みそぎ》の礼装だ」

「いや、そこまでしなくても」

「踏ん切りが悪い！」

かっちゃんが声を大にした。

「わかったよぉ～」

七央は震えながら裸になって言った。

「これ、どうやるの？」

七央はふんどしを手にするのも身に着けるのも初めてだ。

「はいはい」

かっちゃんが手早く巻いてくれたが、

「あたたたっ、締めすぎ、締めすぎ」

「これぐらい強く身に食いこませないとだめだ」

かっちゃんは容赦なく力を入れる。

七央は締められるたびに涙と鼻水が顔面を伝わり、寒さで頭が呆然となった。

「気合を入れろ！」

かっちゃんから檄が飛んできた。

七央は自分がここに来た目的を思い出し、震える手で袋からサードオニキスを取り出し首から下げた。

「さあ、滝の中央に行くんだ」

七央は裸足になり、小石の上を痛さと格闘しながら上流に歩いていった。

かっちゃんは、川べりでしぶきを受けながら仁王立ちになり七央を見ている。

轟音が七央の耳をつんざく。

こんなに冷え切った場所で、身に着けているものはふんどし一丁。寒さはもちろん、疲労もあって足がガクガク震えているなか、水の中に足を入れるとあまりの冷たさに腰まで砕けた。

「かかかかっちゃ～ん、無理かかかもししししれな～い」

七央が力なく叫ぶと、

「もっと進んで！　まんなかまで行け」

鬼軍曹のような声が遠くで聞こえた。

仕方なく滝に続く岩の上を倒れそうになりながら前に突き進んだ。

「いたたたたっ」

中央に進むほど、滝の水圧は強くなり両肩に突き刺さる。

「よし、そこだ！」

轟音の向こうで声が聞こえた。

「七央、祈りでも、黙想でも、叫びでも思う存分その場所で吐き出せーっ！」

かっちゃんが、クマも逃げ出すような大声で叫んだ。

目も開けれぬ、口も開けれぬ滝のまんなかで、七央が思うところは一つだけ。

「すずじゃぁーん、帰ってぎでおぐぐれえぇ～」

第5幕

おおー！

さくらは、銀行にいる。

スマホでしか預金の出し入れをしないので、久しぶりに来る銀行がこんなに丁寧に対応してくれるとは思わなかった。事前に予約をしておくと、個別のカウンターで対応をしてくれる。

広告代理店でのお給料が良かったので預金通帳にはまだお金が残っている。敷金と礼金、引っ越し費用を振り込んでも当分は暮らしていけるが、堺商店はアルバイトなので年２回のボーナスもないし、休業補償もない。病気になり働けなくなったらどうしようと不安な気持ちも湧いたが、在職中に積立預金をしていたので、少しでも余裕があるのは心強かった。

「お客様、積立預金をお崩しになるのは何かお使い道の目的がおありなのですか」

首にスカーフを巻いた銀行員の女性が尋ねた。

「いえ、特に目的はありません」

簡潔に返答した。

企業や下請け会社や保健組合や子会社などと今までさんざんやりとりをしてきたので、

世間の対応には慣れている。

「投資にも興味ありませんから」

すかさず先手を打つ。

「そうですか、まとまったご預金がおありになるのに、通帳に置いているだけではメリットはありませんのに。それでは投資信託のパンフレットを入れておきますので、気が向いたらお読みくださいませ」

銀行員の女性は、ジーンズに舞にもらったスマトラサイのTシャツを着て、その上から堺商店のおかみさんから借りたエプロンをつけたさくらと、通帳残高の数字の大きさを見比べながら不思議な顔をしていた。少しでもまとまった預金があると、必ず投資や高利回り、資産運営などの営業トークを挟んでくる。確かに老後は不安だ。さくらはもう企業への再就職は考えていない。将来の生計を立てることは大切だが、だからといっていつ果てるともわからない自分の人生を不安に駆りたてられながら過ごすのはいやだ。それよりも一日一日の穏やかな時間を増やしていきたい。企業戦士柊木さくらはもうやめたのだ。

まだ昼休みの時間が残っているので、商店街の奥にある公園の芝生で寝転んだ。芝生がチクチクと背中をくすぐり、瞼がうとうとした時母の顔が浮かんだ。まだ退職したことは話していないのだ。途端に憂鬱な気持ちになった。

7年前、母は広告代理店に入社した娘を自分のことのように喜んでいた。大手の看板はそれだけ世間への信用が保証されるものなのだなー、と今では他人事のように思いながらおかみさんがくれたおつまみチーズを食べ、雨上がりの青い空を眺めた。

日に日に緊張した身体は柔らかくなり、訳のわからない不安や恐怖が今でも最後の名残のように襲ってくるときもあるが、拒食症気味だった体質も改善され食べ物をおいしく食べられるようになった。ノルマに追われ、クライアントの顔色を気にしながら土日返上で働いていた自分が今のさくらを見たらなんて言うだろう。

昼間から芝生でどよーん、とおつまみチーズを食べているもう一人の自分に、あの頃の自分はなんて声をかけるだろうか。

そんなんで楽しいの？　そう言うだろう。そして昔の自分に言うのだ。

あんたも、ぽきっと折れちゃう前に空見て鳥見て、呼吸しなって。

目的や夢、ポジティブ？　それをさくらは信じて行動して、勉強もした。たくさんの矛盾や混乱や不満を抱えながら前に進んでいく先輩たちには敬意をもっていた。けれど自分には続けていくことが無理だった。

リンリンリーンと森の中から鈴虫の鳴き声が聞こえた。過ぎゆく夏の中にもう秋がひそんでいるのだ。さくらは鳴き声に誘われて森への階段を上がった。ベンチや木の下でランチを食べている人や子供たちが昆虫採集の網を手に走りまわっていた。

「すずちゃーん、どこにいるのー」

男の枯れた声が聞こえた。

その方角を見ると、七央さんが木々の間に身体をすべりこませて名前を呼んでいる。

さくらは、木の後ろに身を隠しもう一度確認した。七央さんは何度も名を呼び、草の茂みや枝をかき分け走りまわっている。

ん、彼は子持ちなのか？

さくらは七央が必死の形相で迷子になった幼児を探していると思った。

先日、堺商店でさくらに気づかなかったものの、今日のさくらは帽子もサングラスもかけていない。堺商店でアルバイトを始めることが決まり、プリンセスホテルに宿泊していないので、しばらく七央さんには会っていなかった。引っ越しが完了するまではウィークリーマンションに住んでいるのだ。

七央さんがこちらに向かって走ってきた。さくらは行き場をなくした。これ以上身体を後ろに隠すと木の枝が折れてしまう。

いや、なんで自分は正体を明かさないのだろう？　目の前に飛び出て、自己紹介をして七央さんの迷子の子供を一緒に探せばいいではないか。

なぜ迷うことがあるのだ。

もしかして、七央さんに……恋？

まさかー、と首を振った。

恋する気持ちなんてとっくに消え失せ干からびているはずだが。

けれど、風を受けながらこちらに来る七央さんはイケてる。

「すずこ……」

彼はますます悲痛な顔になった。

もしかして子供が迷子になったのではなく、恋人と喧嘩して去られたのかもしれない。

七央さんは、頭にたくさんの葉をつけて月桂樹の冠をつけたアポロンみたいだ。がっくりと肩を落としてうつむいて歩いている。

さくらはその場から飛びのいて、イチョウの木の後ろに隠れた。とぼとぼと階段を下りる七央さんの肩は寂しそうだった。

時計を見るとあと3分でお昼休みが終わるので猛ダッシュで店まで駆けていった。

「おかえり、どしたの？」

はあはあ、と腰を曲げて息継ぎをするさくらにおかみさんが声をかけた。

「すいません、5分も昼休み超過してしまいました」

デスクワークが多い仕事だったので、さくらは30代前の自分の体力が落ちていることにびっくりした。スピードを上げて走っているつもりでも前に進む速度がえらく遅い。

「やだ、ばかばかしい、5分ぐらい。あんたそのために走ってきたのかい」

「そうです」

おかみさんは笑いだし、業者さんが持ってきた缶ビールをさくらに渡した。

「ね、これ新商品なんだけどさ、あんたの意見を聞かしてほしいんだよ」

次から次へと目まぐるしく新商品が出てくる。それらが消費者の購買意欲が湧くように
さくらは今まで頑張ってきたのだ。

「これって、パッケージの色を変えただけですよ」

「え、産地とか、ホップとか、アロマが入っているとかじゃないの」

「前と一緒です」

「なんだ、じゃ意味ないじゃん」

おかみさんは呆れ顔だ。

「それはちがいます。いいですか。前のパッケージの色とちがい、秋めいたもみじの色を缶に描いていますよね」

「それがなんだい？」

「これだけで消費者は秋の季節をいち早く感じ、他者の缶ビールよりもこの秋色の缶を手に取るのです。消費者の目には、はらはらと舞い散るもみじの下でマツタケやサンマを焼きながらこのビールを飲む自分を想像するのです」

さくらはペラペラと口から出る言葉が広告代理店時代のプレゼンのようで、ふと我に返り笑ってしまうのだった。

「あはは、あんた前の会社の癖がまた出たね」

おかみさんも笑いながら、プルトップを威勢よく引っぱって缶ビールを飲んだ。

「うーん、いける。そう言われれば秋めいて、すっきりとした喉越しだわさ」

おかみさんは、ごくごくと音を立てて飲み干した。

「なにやってんだい。結局てめえが飲んでやがる」

大将が呆れ顔で出てきた。

「さくらちゃん、敷金送金してきたかい？」

「はい、完了しました。投資まですすめられました」

「そりゃ、大変だ。ファイヤー族にでもなる気かい？」

「とんでもない。そんな才能ないですから」

「引っ越しの日は、俺もかーちゃんも手伝いに行くよ」

「ありがとうございます。荷物は少ないから大丈夫ですよ。それよりその日はお休みさせていただいてすいません」

さくらは頭を下げた。

「そんなことは構わないよ。それよか一人で大丈夫か。うちは気にしなくていいんだよ。その日は七央に店番させるから」

大将は、段ボールからおつまみを出し棚に並べた。

「え、七央さんですか？」

「ああ、あいつの家族とはうちは親戚みたいなもんでさ、お互いの爺さんが生きていた時からのつきあいなんだよ。だから手が足りない時は店を手伝いあったりしているんだ」

さくらは、これから七央さんがここに来て顔を合わせることになるのだから、自分の正体を明かしたほうがいいのか、それともここで初めて会うことにしたほうがいいのか、いや、どちらでもいいのか悩んだ。どちらにしても、七央さんは家庭があるか恋人がいるのだからと考えた自分に驚いた。

「七央さんはお忙しいんじゃないでしょうか」

さくらは、公園での彼の悲し気な顔を思い出した。

「今、仕事を休んでるから時間はあるんだよ」

「え、そうなんですか」

さくらは、あれからプリンセスホテルに行っていないので知りようがなかった。

「そんなに驚くことではないんだよ」

「体調でも悪いんですかね？」

さくらは心配になった。

「いやね、体調が悪いというかなんというか、すずこが家出しちまってね」

すずこさん……、確かに七央さんは、その人の名前を呼んでいた。

「奥様ですか？」

「まあ、そんなものなんだろうな」

大将は感慨深げだ。

さくらは、動揺した。

奥様のようなもの……。なに、この胸の奥の感情は？　動揺した自分に動揺したのだった。

「この子なんだよ」

大将は手描きのネコの画用紙をさくらに見せた。

「はっ！　白ネコさん？」

白ネコは金色の瞳が大きく書かれ、それが顔とのバランスと合っていなかった。尋ねネコすずこ、と書いてあり、見かけたら知らせてください、と七央さんのスマホの電話番号が記されていた。

「へたくそだけどさ、すずこの特徴はとらえてると思う」

雌ネコすずこです。年齢は16歳。人間年齢84歳。首輪なし。チップなし。避妊済み。愛嬌あり。利発。ヒトの話をよく聞いている、とある。

「目も当てれないほど落ち込んじゃってさ、占いに行かせたら新月の日に宝石を清めてこいと言われてね、長野の地獄谷温泉の知り合いのところに行ってたんだ。昨日帰ってきたんだが、すずこはね、まだ家に帰らないんだよ」

　大将は、さえない顔で画用紙のネコを見た。

「そうですか、お気の毒に」

　さくらは、七央さんのネコを思う気持ちが自分にも伝わり、すずこの行方が心配になった。そして先ほどまでのもやもやした気持ちがふっ飛んだのを認めざるをえなかった。

「遠出はしてないと思うのだけどね」

「わたしも探します」

　さくらは、何がなんでもすずちゃんを探しだす、と心に決めた。

「今日は上がっていいよ」

「いえ、手伝いますよ」

「今は仕事に慣れるために来てもらってるだけだから、引っ越しが終わってから来てくれればいいよ」

「ありがとうございます。それじゃそうさせてもらいます。あの、それからこのネコの絵を貰ってもいいですか？」

　さくらはすずこの絵を持っていたかった。

「あ、いいよ」

　大将は、画用紙を渡すと倉庫に行った。

「さくらちゃん、住民票の移動も忘れずにやるんだよ。郵便物の転送も届けを出しなよ」

おかみさんが念を押した。

引っ越しにまつわる作業は考えているより多くの手間がかかるが、それでもこの場所に帰れる運命になったことが嬉しかった。さくらは大将が描いたすずちゃんの画用紙を丸めてバッグの中に入れた。

いよいよ七央さんに正体を打ち明けなければと思うものの、ホテルでの自分は、そのままあそこに置いておきたかった。あの部屋に泊まり仕事で悩んだことや、上司が信頼できずに悶々とした日々。仕事に注ぎ込むチームとの熱量の差に失望したり、いろんな感情で自分を見失い、食べものも喉を通らなかったほど追い込まれたあの頃。それでもそこを通過することがさくらには必要だったのだ。もうあの日には戻れないけれど、今日の自分は何かが変わりつつある。

自分はまた新しい人生のスタート地点に立ったのだ。あの頃のもう一人のさくらは自分一人で考え自分で行動し、誰にも寄りかからずに精一杯に生きていた。そんな自分をプリンセスホテルの部屋に残しておこう。

そして今日から自分をリセットするのだ。

さくらはスマホを出し、舞にＬＩＮＥした。

――ボンジュール舞。突然ですが、わたし学生の頃にいた町に住むことになりました――

しばらく歩くと舞からの返信が来た。

――ほんとに？　シフトチェンジ早っ！　さくらの決断力は衰えてなくて嬉しいよ。もう引っ越ししたの？――

――引っ越しは今度の土日――

――手伝いに行くよ。さくらがこの町に来てくれて嬉しい。ご近所さんになれて幸せ――

――ありがと。ところで舞が行く美容室を教えて。カットしたいの――

――大黒坂の通りにある。ル・ミラージュよ――

――ありがと――

――土曜日、手伝いに行くね、後で住所教えてね――

――了解でーす――

さくらは、美容室に向かった。

スマホを見ると母からのメールが入っていた。

先延ばしにしても言わなければいけないのだから、そろそろ知らせなければと思ってはいたものの、母が言いそうなことは容易に想像できて、なかなか気乗りがしなかった。そんな気持ちが通じたのか母から電話がかかってきた。考えても仕方ないと思い電話に出た。

「さくら、元気にしてる？　土曜日こちらに顔出せる？」

「元気よ。心配しないで。土曜日は無理なの」

「そう、親戚のおばさんが来てあなたにも会いたいって言うもんだから」

「ごめん、無理なの」

「なんとかならないの」

母は残念そうにしているが、事あるごとにさくらを知り合いに会わせたがるのだ。誰もが知っている一流企業に勤めている娘を人様に紹介することになんの意味があるのだろうか。母親が抱くそれは、当然の感情なのか、それとも自分ができなかったことを娘の姿を借りて満足しているのか、そんな複雑な母の感情をさくらは長年感じていた。

育ててもらい、大学も好きな学部に入り、自分の好きな道を選ばせてくれた母には感謝しているが、なぜか母の世間の常識から1ミリも外れない、外れることは許されないというようなステレオタイプの考えといつも衝突をするのだ。退社したことを話さないのもそのやり取りが母を怒らせ、そして悲しませることになるのがわかるからだ。

母はいつも父に守られ、家庭を守ってきた人だ。

さくらからしたら、信じられないぐらい夫を頼り信じている。世間から見れば家庭円満を絵に描いたような実家だった。でもさくらは成長するたびに母からの抑圧を感じていた。良い学歴を持ち一流企業に就職することが母にとっての教育というものだろう。そこに向けてのレールを母は娘のために敷いてきたのだ。それが母の人生だった。今の母を見ていると、いろんなことを胸に収めて夫と暮らしてきたのだろうと、さくらも少しは大人になり思うのだった。

「母さん、わたし、会社辞めたの」

母が受話器の向こうで沈黙している。

「え、なに？　もう一度言って」

入社式の時送り出してくれた母の笑顔を今でも覚えている。

「会社を辞めました。引っ越しもしました」

母にも好きなように生きてほしい。

さくらから見ればもっと自由になって生きてほしいのだが、母にとっては箱庭を作るように、あるべきものがそこにあり、夫とともに模範的な人生を送っていくのが幸せの形なのかもしれない。

「どうして辞めたの！」

「身体と心が壊れたから」

「あんな一流企業を。嘘でしょ。からかっているのね。信じられない。ほんとなの、わたしをからかっているの？　さくら」

母は支離滅裂になってきた。

娘の身体を心配するよりも、一流企業を辞めたと言うほうが、母にとっては大切なキーワードなのだろう。

「ごめんなさい。これからはもっと大地で生きていく」

母に言った言葉がどれだけ伝わったかわからないが、大地だなんてまるでＣＭのキャッチコピーみたいで、まだまだ広告代理店のカラーが抜けきらないのも面白く感じる自分がいた。

「土曜日、帰っていらっしゃい。お父さんになんて言ったらいいのよ。とにかく帰宅して」

母とはこれ以上話す必要はないと思った。

「その日は予定があるから」

「もしかして、さくら……」

母が言いよどんだ。

「なに？」

「もしかして婚約したの？」

母の声が少し元気を帯びた。

「そういう相手はいません」

「じゃ、どういうことよ、さくら」

お互いのために話を打ち切ろう。

「落ち着いたら、一度帰るわ。切るわよ」

さくらが言うと、

「さくら！」

母の怒りがついに出た。

「母さん、あなたの娘は今、この地面で息つぎをしているの。少しほっといてくれるかな。それに、ねえ母さん、あなたは苦しくないですか？」

難関といわれる私立の幼稚園、小学校、それに続く中学・高校、大学の受験勉強に深夜遅くまで付き添ってくれた母。

卒業証書が社会に通用する唯一の手形のように、大切に母の引き出しに保管されている。次の引き出しには娘の結婚式の写真を入れておきたかったのだろう。さくらを通して社会と交わってきた母を思うと、期待どおりの娘になれなかったことを心の中で詫びた。

「さくら、待ちなさい、家にかえ……」

さくらは電話を切った。

階段を上がると、ドアは開かれ小さな受付のカウンターがあった。

中に入ると個室のドアから男性が出てきた。

「こんにちは。あの、予約してないんですけど」

さくらは何も考えず美容室に来たが、今更ながらこの美容室が完全予約制で、すべて個室で行うオーナー美容師が経営している店だとわかった。

「こんにちは。さくらさんですか？　わたしは美容師の貴です」

貴さんは名刺をくれた。

「あ、はい、さくらです」

さくらは、グレーの小さな名刺を受け取った。

「舞さんから連絡が入ってます。20分ほどお待ちになっていいのならどうぞ」

「舞が？　そうなんですね。ありがとうございます。それじゃ待たせてもらいます」

店に通され日当たりの良い窓際のそばに置いてあるソファに案内された。ボリュームが絞られたボサノヴァが耳に流れてくる。シャンプーの香りが鼻をくすぐり、柔らかなソファに身体をあずけテーブルの上にある雑誌を手にとった。見慣れた洋書ではあったが、それは常に仕事がらみで、資料集めや市場調査のためのものだった。目的がちがうとこんなにも見慣れた洋書が新鮮に見えるとは思わなかった。ファッションのページには高価なブランド物の服が同じような顔をしたモデルたちの不自然なポーズとともに掲載されていた。それはまるで服を着こなしているというよりも服が人間を着ているように見えた。さくらも在職中は先輩たちをまねて、おしゃれをしていたが、もうその必要がない毎日に気軽さを感じる。

これからの仕事着はジーンズにセーター、トレーナーだ。倉庫にある酒の品出し、在庫調べ、手が空けばバイクでメットをかぶることもある。

どんな髪型にしようかと心が弾む。今までは長い髪だったから、服装も自分の好みではないコンサバティブなものばかりだった。男社会ではまだまだヒール信仰が残っており、クライアントを訪れるたびに窮屈な靴に足を突っ込んでいた。もう外反母趾ともおさらばだ。履きなれたスニーカーが私の指先を思いっきり自由に広げさせてくれる。

バッグもリュックでいいのだ。なんて身軽なんだろう。通勤時間５分。笑いが止まらない。

「お待たせしました」

貴さんが個室のドアを開けた。

個室には木枠でふちどられた鏡があり、その前にシャンプー台がある。

「あっー、この椅子、すごい！」

さくらはシャンプー台の前に設置されている革張りの椅子を眺めた。

「わーっ！　この椅子が日本にあった。わたし、仕事で香港に行った時にホテルの最上階にある美容室を取材したんだけど、この足浴《そくよく》のついた椅子に座りながら、シャンプーとフットスパを同時に受けて最高の気分でした」

さくらはあまりの気持ちのよさに、日本に帰りこの椅子がある美容室やエステを探したがどこにもなかった。

「えーっ、嬉しいな」

さくらはこんなにみぢかにあるとは思わなかった。

「足浴がジェットバスになっていますからね。皆さん喜ばれますよ。好きな香りもお選びください」

貴さんは、５種類のオイル瓶を持ってきた。

ベルガモット、ラベンダー、ジンジャーハニー、レモングラス、ブルボンゼラニウム。

さくらは気が遠くなるほどうっとりした。

「どれにしようかな、うーん、迷うなぁ」

迷いすぎて決めることができない。

「えーっ、それじゃ、ブルボンゼラニウム？」

さくらは初めて聞いた名前に興味をそそられた。

「ローズゼラニウムはバラの香りですが、ブルボンゼラニウムはリンゴの香りがしますよ」

「わー、じゃあそれで」

さくらは子供のように最近の自分が、わー、とか、きゃー、とか、えー、とか感嘆詞がよく出ることに気づいた。

椅子に座ると、

「それでは本日はよろしくお願いいたします」

貴さんは、頭を下げた。

「こちらこそお願いします」

さくらも答えた。

「どんな感じにカットいたしますか？　何かイメージがある写真とかありますか？」

「はい、ピクシーカットで」

「そんなにばっさりいきますか？」

貴さんは毛のボリュームを見ながら言った。

「それなら、前髪は軽くパーマを当てて流す感じにしませんか？　お手入れしやすいですよ」

「はい、お願いします」

貴さんが黒い布袋を開くとたくさんのハサミが並んでいた。

「あの、このハサミのセット高そうですね」

美しい自然の艶があるハサミは手入れがされて、一本一本が艶やかである。

「はい、そうとう高いです」

貴さんは苦笑した。

スリッパに履き替えてある足を出し、泡の中に両足を入れた。

ほのかにリンゴの匂いが足元から漂い、脳天にしびれる心地良さだ。

くー、たまらん！　心の中でつぶやいた。

髪を切るハサミの音が聞こえ、短く切られるたびに肩に重くのしかかっていたものが取り除かれていくように感じた。

拒食と過食を繰り返していた自分はもういない。あの時の自分を助けてあげられなくてごめんね、これからはあなたの肉体に住む心は柔らかくて、軽くて、温かくて、もこもこして、穏やかで、いい香りがするように育て上げるからこれからも一緒に笑ったり、泣いたりしようね、と心と身体に約束した。

新しい自分になるために、どれだけの孵化を繰り返したのだろう。何度も何度も卵殻《らんかく》を破り外に出たと思ったら、もう自分の肉体は次の殻に包まれて、またその硬い卵殻を打ち破ってきた。

どこまでそれは続くのだろう。

さくらは、これからも自分をがんじがらめにする殻を破りながら生きていく覚悟ができつつあるのを感じた。

「前髪のアレンジはこんな感じで、手にディップをつけてこうやって流してください」

「わーっ、すぐ形になりますね。ありがとうございます」

鏡の前のさくらは、別人だ。

後ろの床を見ると長い髪の毛が散らばっていた。

「ともに戦った髪よ、ありがとう。お疲れ様」

と声に出して別れを告げると、

「うーん、いいですね。髪も本望ですよ」

貴さんが言ってくれた。

カウンターで支払いを済ませた。

「予約もしてない飛び入りなのに、カットしてくれてすみませんでした」

「いえ、ちゃんと舞さんが連絡してくれたから。お礼なら舞さんに言ってくださいね」

「はい、もちろんです」

さくらは頭を下げた。

その拍子にバッグに入れていたすずこの絵が落ちた。

「はい、落ちましたよ」

貴さんが拾ってくれた。

「すいません」

「なんだかかわいいネコの絵ですね」

大将の描いた独創性のあるネコは人目を引くのだ。

「ええ、この子尋ねネコなんです。家出したみたいで」

「ふーん、白いネコですか？　16歳？」

さくらは丸まっている画用紙を広げて見せた。

「このネコじゃないかもしれませんけど、白ネコは見ましたよ」

彼はしげしげと大きな金色の瞳をした画用紙のなかのネコを見た。

「どこで？」

「舞さんのお婆様のところですよ」

「おおーー！」

最大の感嘆詞が飛び出てしまった。

さくらは東京タワーの下にいる。七央さんに白ネコがいる場所を伝えるために。自分が舞のおばあちゃんの家に行って白ネコを預かってきたほうが話が早いのに、気がつけば七央さんのもとへ走っていた。東京タワーが西日に照らされ、オレンジ色に輝いている。その温かい光の中でさくらの影が遠ざかっていった。

エピローグ　すずこの気持ち

あー、なんて気持ちいい空なんだろう。

時間を気にせず草の上で寝っ転がりにゃがら虫を追うのは何年ぶりかしら。

あの日、縄張りを偵察に行くと、いつものようにジローがいたの。わたしたちは共同で縄張りを所有することがあるから、なるべくお互いを尊重しあいたいのだけど、あの若造ったら、ネコのルールを知らなさすぎる今ネコだった。

昔ネコは、共通の縄張りでは暗黙の了解があって、朝組、昼組、夜組と分かれて自分の縄張りにマーキングしに行くの。

わたしたちがじーっと、窓から外を見ている時があるでしょ。あれは、自分の場所に他ネコが侵入しないか、観察しているのよ。

都会ネコはどうしても家のまわりしか足を延ばせないし、どこもここもビルが建っているからお気に入りの場所がネコ同士でかぶるのよね。

今どきの家ネコは、マンション住まいも多いから地上には下りてこれないでしょ。まさ

かエレベーターには乗れないもの。だから家ネコで縄張りを張っているネコは少ないのよ。わたしは、東京タワーの裏に駐車場があるから、そこで島を張っているけど、そこに仁義なき若造外ネコのジローがふらりとやってきたの。

わたしはそれを受け入れるしかなかった。お互いどこかで折りあわないとネコ世界では生きていけないから。

あの日、わたしはいつものようにご飯を食べてから出かけた。

タワーがきらきらして道を照らしてくれるからとても助かるのよ。最近視力が落ちて見えにくくなっていたから。もちろんジローはわたしが行く時間帯を知っているから、彼は今までは昼間に来ていた。ところが最近、彼が恋をしてしまったのよ。ジローはボランティアの方が、去勢をしてリリースしてくれたはずだったから、駐車場に新入りで入ってきたメスの外ネコにいかれてしまったのにはびっくりしたわ。

いくら去勢はしても恋心までは奪えないわよね。

メスの外ネコはこれまたきまぐれで、わたしが伝統あるネコの掟、第七条の交代制を守るべし、を強く推し進めているのに、ふらーっとやってきては、駐車場の脇にある茂みでごろにゃ〜んしているの。それを見たさに、ジローは24時間木の下で待っているのよ。あの年齢は誰もがイノセントだわよね。

ネコの恋路を邪魔する奴は馬に蹴られてなんとやら、って言うから、わたしも馬に蹴られたくないから、その場を離れたの。

そのまま家に帰るのもなんだかつまらなくて……。

その日は、夏が少し遠ざかっていくような涼しい風が吹いていた。

夏の終わり、ってなんだかセンチメンタルにならない？

その風に乗って、東京タワーのほうから音楽が流れてきたの。

その日、広場では露天の店が出ていた。行く夏を惜しむように浴衣を着た人たちが店を覗いていたっけ。

ＤＪコーナーも作られていて、お客さんのリクエストにも答えていた。その時わたしの耳に流れてきたのは、鉄子母が好きなアース・ウィンド・アンド・ファイアーの「セプテンバー」だった。

わたし、耳にタコができるぐらい店で聞いていた。

――君は覚えているかい、
あの夏の日のことを……――

軽快なメロディなのにもの悲しいリズムがわたしの心を乱した。

もうわたしの夏は終わるんだわ、ってね。

だから、つい、ふらっとね。

ふらっとわたしは遠出をしてしまったの。

わたしのこれまでの人生は忙しかったのよ。

次から次に、うちの飼い主は子ネコを家に連れてくるのよ。ポンちゃんが出るはずもないわたしのお乳を飲んで、他の子たちもなんだかそれを見て赤ちゃん返りして、わたしを追いかけてくるの。やっとポンちゃんが卒乳してくれてほっとしていたところだったのに。ポンちゃんは気性はいいんだけど、なぜかクロにだけはやたらとネコパンチを食らわせるのよ。

クロはポンちゃんに遊んでほしいからそれにじっと耐えてる。まあ、それだけが気がかりだったけど、あとはよしなに、というところだわ。

わたしは、老いネコ呼ばわりされてるけど、わたしの母はとても健康で長生きをしたんですって。

わたしを産んでからは引き裂かれて離れ離れになったけれど、外ネコ生活で有名な婆さんネコが教えてくれた。あんたの母は最後は立派にネコらしく姿をくらましたってね。

だから、わたしも母さんのように最後は姿を消したいにゃと考えてるところ。

長い散歩がこれから始まる。

〈著者紹介〉

内藤織部（ないとう　おりべ）

神戸学院女子短期大学（現・神戸学院大学）文学部文芸科卒業。

双子座。卒論のテーマは太宰治。

日本動物愛護協会終身会員。

日本モンキーセンターサポート会員。

著書に、『マリアライカヴァージン †』（小社刊）があり、コミカライズ版も発売中。

走《はし》れ！　東京《とうきょう》タワー

2024年9月13日　第1刷発行

著　者　　内藤織部
発行人　　久保田貴幸

発行元　　株式会社 幻冬舎メディアコンサルティング
〒151-0051　東京都渋谷区千駄ヶ谷4-9-7
電話　03-5411-6440（編集）

発売元　　株式会社 幻冬舎
〒151-0051　東京都渋谷区千駄ヶ谷4-9-7
電話　03-5411-6222（営業）

印刷・製本　中央精版印刷株式会社

検印廃止

Printed in Japan
ISBN 978-4-344-69172-8 C0093
幻冬舎メディアコンサルティングＨＰ
https://www.gentosha-mc.com/